Buchwald/Seiler
Jahrbuch der Lyrik 2003

Das Jahrbuch der Lyrik feiert den zwanzigsten Band, es erscheint seit 1979. In diesen gut zwanzig Jahren ist, Jahr um Jahr ergänzt, eine einzigartige Anthologie deutschsprachiger Gegenwartsliteratur entstanden, die alle wichtigen poetischen Entwicklungen sichtbar gemacht hat. Manchmal war sie sogar stilbildend. Das Jahrbuch der Lyrik hat in seiner Geschichte viele Autoren, die sich inzwischen einen Namen gemacht haben, entdeckt und zum ersten Mal gedruckt.
Der neueste Band, diesmal mit dem mit «pech&blende» berühmt gewordenen Lyriker Lutz Seiler als Mitherausgeber, stellt zahlreiche neue Stimmen vor und zeigt, daß der erfindungsreiche Umgang mit der Tradition, daß strenge Form, Reim und Rhythmus wieder Möglichkeiten sind, um Welt und Natur, Gefühle und Epoche jenseits des Klischees mit der sehr besonderen Möglichkeit des Gedichts zu fassen zu kriegen.

Der Literat und Verlagsleiter Christoph Buchwald, geboren 1951, lebt in Amsterdam, ist Verleger des Cossée Verlags und leitet das Kultur- und Debattenzentrum «De Balie» in Amsterdam.

Lutz Seiler, geboren 1963, lebt als freier Schriftsteller in Wilhelmshorst bei Berlin. Er veröffentlichte die Gedichtbände «berührt/geführt» (1995) und «pech&blende» (2000).

JAHRBUCH DER LYRIK 2003

HERAUSGEGEBEN
VON CHRISTOPH
BUCHWALD UND
LUTZ SEILER

VERLAG C.H.BECK

ISBN 3 406 48697 5

Umschlagentwurf: Leander Eisenmann

www.beck.de
Gesamtherstellung: Kösel, Kempten
Gedruckt auf säurefreiem, alterungsbeständigem Papier
(hergestellt aus chlorfrei gebleichtem Zellstoff)
Printed in Germany

Inhalt

I Kein Showdown macht klüger

II Der Stand der Vorarbeiten

III Friedrichs Feigen

IV Im richtigen Augenblick

I
Kein Showdown macht klüger

Harald Hartung

Ghasel

Er ist nicht in Saigon und nicht im Hadramaut gewesen
noch wo man Opium raucht und wo man Betel kaut
gewesen

Umsteiger war er meist wär lieber gradeaus gefahren
und was er sonst erfuhr ist nicht auf seiner Haut zu lesen

Er war korrekt rasiert trug Ober- und auch Unterhemden
Er zischte Bier doch gab beim Fußball keinen Laut am
Tresen

Er las die Zeitung doch er hätte gern die Zeit gelesen
Er hat es nie gelernt in dem was man verdaut zu lesen

Er trank und speiste gern auch Bilder waren seine Speise
In Licht und Wasser schien gelöst und auferbaut: *das*
Wesen

Er kommt mir oft im Traum als wolle er bald Abschied
nehmen
Er schaut mich lange an als wär ich ihm vertraut gewesen

Harald Hartung

Fern-hin

So fern-hin gesehen
die vielen Kadaver
ruchlose Bilder unserer Rauchopfer
Einstmals erweckt uns

eine Kindertrompete
begrüßt uns Dolly das Schaf
im himmlischen Festzelt
Wie fanden wir Gnade vor ihm?

Michael Buselmeier

Kriegsgrube

I

Ein Sturz sagst du, wars nicht eher ein Gleiten
auf Grund und Häutung, Erwachen im sinkenden
Sitz des Autowracks, ein geröchelter Funkspruch.
Der Granatsplitter steckt im Hölderlinbuch fest,
im Stoppelgras genau über dem Herzen ... Stoß ab
vom Ufer die Stirn, im Feuerlöschteich wimmelts
von Waffen, ein stark vernarbter Armstumpf am Haken,
auf Sand gesottene Molche, Geröll ... So fern das
Geräusch des Teppichklopfens die Rufe der Mütter
in dieser fraglosen Sommertagsluft, verlogenes
Lächeln der Alten, wann immer sie mich Bastard sah
ohne Schulbrot und Vater streunend am Rand
der Kriegsgrube mit einem Stahlhelm als Fußball.

II

Von hier oben, windexponiert, erkennt man den
Schützengraben zu Füßen des Galgens, mit Staub
und Schutt fast zugeweht die körnige Spur.
Ein Pimpf huscht barfuß den eisernen Brückenbogen
aufwärts und bringt die verrottete Panzerfaust
FÜR DEUTSCHLAND in Stellung, von Qualm und
quietschenden Bremsen umhüllt, morst er
letzte Botschaft: alles verloren. Am Bahndamm
sammeln die Ratten Bricketts in Säcke und
plündern pfeifend den Brotzug auf dem Nebengleis,
Leichenkarren im Schlepptau, und dann ab über
den huppeligen Fußballplatz mit den Karnickellöchern.

III

Das seichte Wasserloch, meine Füße im Pfuhl.
Wie sich die Kaulquappen zwischen den Zehen tummeln,
die Schatten der Brennesseln auf der Barackenwand,
die langsam versackt. Unterm Kies noch ein Rest
Lagerzaun, und ich scharre nach den versunkenen
Häftlingsnummern Schachfiguren Schädelknochen
der Russkis, die tagsüber Bahngleise verlegten
und nachts halbverhungerte Hühner zerrissen,
weil sie von Fischköpfen und Kartoffelschalen
nicht satt wurden („Arbeitskommando 1511,
Baggerloch, Entlausungsstation“). Sah sie erdunter,
an Händen und Füßen gepflockt, im Astloch,
grünliches Fell, Nylontüten über dem Kopf.

Björn Kuhligk

Demo

steine gas cocktails schreie eine frau
die weint weil ihr freund ist jetzt
bei den bullen die kommen alles rennt
ein paar bleiben stehen bücken sich werfen
pflastersteine bullen kommen näher alles rennt
durch straßen durch hinterhöfe türen werden
aufgeschlagen in hauseingänge zwei gehen
verloren fallen knüppel auf den kopf panik
ey die faschisten die ey feuer bauwagen brennt
zwei autos umgekippt barrikade wie damals
viele bullen runter auf den u-bahnhof die hinterher
dann zwei türken haben eisenstangen schlagen
auf einen bullen ein der bricht zusammen
die dreschen weiter blut sondereinheit kurze knüppel
ohne schilder reinstürmen und hauen schnell
in die u-bahn nach hause vor die glotze anmachen
gucken siehste da bin ich

Hans-Ulrich Treichel

An mich selbst

Ich grüße dich, alter Berliner,
echt aus Westfalen, vielmals umgezogener,
windiger Weddinger, kreuzbraver Kreuzberger,
immer kohlenbeheizter, frierender, fluchender
Außenklonutzer, wie oft hast du
auf dem Treppenabsatz kehrtgemacht,
wie selten hast du die Treppe gekehrt,
ich winke dir zu, aus dem blühenden Lankwitz,

wo du jetzt prächtige Mieten bezahlst,
den Windhund ausführst auf der Dachterrasse,
Funken sprühst vor dem Fernseher, alter
Anarcho, alter Parkettfeger, du.

Dieter M. Gräf

Die zweite Halbzeit der Revolte

kamen ausgewechselt
auf den Platz zurück.

Krallen, die durch
die Adidas gehen,

unkenntlich gemachte
Trikots. Mähnen:

gleichgestutzt. Die
gefälschten Pässe;

ihr *wir spielen nie mehr.*

Wilhelm Bartsch

Altes Lied an Schorschen's Kiosk

Mein Arbeitslos heißt „arbeitslos".
Das hab ich – ungelogen – nicht gezogen.
Die Trommel drehte sich ganz ohne mich,
da kam ein Vogel, blau, geflogen.

Blau mach auch ich und sicherlich
kein Dampf mehr im Karbid. Gewogen
sei uns das Himmelreich, das nach uns gleich
hat schönste Seiten aufgezogen.

Nun kucke dich die Wolken an, Ramona!
Schön wie soziale Hängematten.
Mach mit mir blau, gleich hier, wie die Laguna.
Von den Radatten, die wir reichlich hatten,

schreibt Schorsch zwei Bier an. Oder drei.
Die haben längst mich uff ihrn Mond jeschossen,
der hoch da droben zieht wie in dem Lied
die Fahrradlampe mit Karbid.

Ja, Schißchen! Bißchen Rache war dabei –
von Texas diesmal die Jenossen.
Nun bleib ma, Moni, unverdrossen,
denn über Buna steppt Frau Luna – Eintritt frei.

Martin Strauss

Vom Hörensagen

Das ist unser Heinz, der Radiobastler,
der es verstanden haben soll
selbst aufgegebene Geräte wieder
zum Spielen zu bringen

(Da hustet er bereits bedenklich
hebt aber noch Gräben aus
dem Alliierten zu wehren)

Ein deutscher Junge zwischen
diversen Mitbringseln, der Ersatzbrille
und dem stets bereitliegenden Rätsellexikon

Der Photograph hatte wohl davon abgesehen
ihn aufzufordern; Bitte recht freundlich,
oder, Etwas entschlossener, zu sein

(Erfahren vielleicht im Aufnehmen letzter
Gesichter)
Das Leinenrähmchen längst nikotingelb
weil meine Großmutter bis in die hohen Jahre
vom Tabak nicht lassen mochte

Hellmuth Opitz

Neuntes Glas von irgendwas

Sagen Sie, hält hier jemand einen Teebeutel
ins Licht oder wie darf ich mir diesen
bernsteinfarbenen Abend erklären? Allenthalben
Schwebefeuer, Sprechpartikel in flüssiger Luft,
Insekten eingeschlossen, Pläne, die überzogen sind
mit feinstem Futur und dann das Rascheln
der Stoffe, mit dem Frauen im Vorübergehen ihre
Auslegware vertonen. Ich gebe zu: Je geschliffener
etwas ausschaut, desto ungeschliffener red ich daher.

Aber sagen Sie selbst: Was für ein Tag!
Fegte wie eine Braut die Stunden treppab, warf
Kußhände, riß sich das Kleid an Kirschbäumen auf
Und wenn Sie jetzt ganz genau hinschauen, können
Sie gerade noch die weiße Schleppe im Westen
verschwinden sehen. Doch was red ich:
Das Gleiche noch mal, aber bitte randvoll!
Es sind noch einige Dunkelheiten zu trinken bis
zur schallenden Ohrfeige des nächsten Sonnenlichts.

Ludwig Harig

Letztes Fest

In Flammen steht das Haus. Es hat sofort gebrannt
das trockne Steppengras, das Kraut der Kranzgefäße,
als ob Hephästos selbst auf der Veranda säße
mit seinem Feuerzeug an mürber Hinterwand.

Er schwingt den Bratenspieß in seiner großen Hand
und brät auf heißer Glut mein Fleisch, das mir Gemäße.
Vorbei das schöne Fest, vorbei die dummen Späße!
Von der Terrasse sind die Gäste bald verbannt.

Die Spaßgesellschaft tobt und reißt sich schier entzwei.
Ich trag es ihr nicht nach, bin bis zum Schluß dabei
und bin drum – wie bisher – ein Kind des Glücks geblieben.

Zum Leben zählt der Tod: ein dummer Treppenwitz.
Vielleicht trifft mich der Schlag und fällt mich wie ein Blitz,
dann hab ich bis zuletzt geliebt, gespielt, geschrieben.

Adolf Endler

Altersweisheiten

1

Woher der Wind weht, junger Mann, dorthin fallen die Näpfe und Äpfel.

2

Haben Sie es auch schon bemerkt?: Die Sanduhren, auch die Sanduhren lassen sich immer mehr Zeit neuerdings.

3
Argweil und Edelmutz; sie seh' ich hauptsächlich und höchst mieselfein walten in allem.

4
Sieben Altersweisheiten zähl' ich erfreut; mehr hab' ich nicht auf der Flamme zur Zeit. – In zehn Jahren vielleicht drei bis vier Altersweisheiten zusätzlich, ja?

5
Na, vielleicht das noch: Kümmel und Pfefferkorn unterm splitternden Untergebiß; das Greisenalter, voilá!

(Zu meinem siebzigsten Geburtstag)

Norbert Hummelt

im vierten sommer

das erste bild das ich konkret entsinne
stieg aus dem dunkel auf das immer um
mich war als ich die dinge fast noch ohne

worte sah .. ich lief, ich stolperte, ich wurde
hochgehoben, auf einmal bin ich auf dem
traktor oben u. weiß nicht mehr wohin die

andern sind .. die luft ist unsichtbar, die luft
ist warm, die sommersprossen sind an
meinem arm u. muster sind in meine haut

verwoben, die bleiben so, daran erkenn ich
mich: so punkte, linien, gefärbte zeichen
u. jucken nicht so wie ein mückenstich

Friedrich Ani

Im Flur riecht es nach Wäsche. Eine
alte Frau besprenkelt sie und bügelt
dann. Früher war sie dick, im Haus am
Wiesenrand, dem Bahnhof gegenüber. Keins
der Kinder, die sie fütterte dazwischen,
prügelte, wuchs krumm heran, nicht eins, sie
schälten sich, erwachsen, aus dem Dampf,
verließen die beschlagnen Fenster, eröffneten
Geschäfte, flogen, surften, stauten Mut
in sich. Und schrieben Karten: Alles
paradiesisch! Manchmal explodierten
sie, verbrannten, wurden Geiseln und
erschossen. Oder freigekauft. Und kehrten,
exklusiv beobachtet, zur Alten in die
Küche heim, die mittlerweile Weltmacht
war: Kabelanschluss, Boiler, digitale
Wecker. Hier, sagt eine muntre Sprecherin,
wuchs das Opfer groß, genoß es Liebe, Schutz
und Friedrichkeit. Sie meinte Friedlichkeit, das
ell zerschellte an ihrem Gaumen, wie
Wochen später, sonntags, blauumrankt, die
Cessna des im Flurgeruch behüteten, zu
jeder Stund gestreichelten, so jung
verschiednen Doppelopfers. Und während
viele weinen gleich beim Abendbrot, ver
steht die magre Frau den Wunsch des
Wassers nach Gekräusel, schaltet die
Geräte ab, saugt Stille ein, schminkt sich
und stirbt so unauffällig wie ein Vogel.
Gebenedeit und frei von aller Schuld.

Anne Dorn

Blutsverwandtschaft

Die vielen, blutigen Geschichten in der Familie:
Zuerst der Vater, wie sie ihm zum sechsten Mal
den Bauch aufschneiden.
Es war schon mehr Eiter als Blut.
Ein Stück vom Militärpullover, mitgerissen
von einem Dum-Dum-Geschoß. Er trug es
später in seiner Westentasche.
Dann die Mutter, wie sie in einer Pfütze
Blut steht. Eine Fehlgeburt ist ihr abgegangen.
Ob sie sich gefreut hat?
Der Großvater, der in die Stadt rennt,
direkt nach dem Bombenhagel. Er wollte nur
seine Schwester suchen. Kam zurück,
setzte sich auf den Stuhl,
verblutete ordentlich sauber nach innen,
vor Entsetzen. Die Großmutter:
Sie hatte das Reißen in beiden Händen.
Der Arzt verschrieb Salbe. Sie wollte am Morgen
Milch kochen, den Gasherd anzünden.
Die Verbände an beiden Händen brannten lichterloh.
Als man sie ihr herunterriß, fetzte das Fleisch.
Gebackenes, schwarzes Blut. Großmutter
bekam darüber schneeweißes Haar.
Der Großonkel, lebensmüde, wohl voller Reue
einer nie besprochenen Missetat wegen,
legte sich auf die Schienen. Der Streckengeher
brachte den tropfenden Kopf.
Nicht zu vergessen alle blutenden Seelen:
In unserer Familie ist man darin geübt,
den roten Farbstoff zurückzuhalten.
Man versteift sich
auf glasklare Tränenflüssigkeit.

Einmal fand ich in meinem Garten
ein Stück von einem englischen Stahlhelm
und viele Patronenhülsen.
Blut düngt.
Wir sollten uns nicht so fürchten.

Richard Pietraß

Die frühen Gräber

Für Richard Leising und Karl Mickel

Hell strahlt eurer Glieder Asche, von Faltern
im Gebüsch umflügelt, von Gewittern
dampfgebügelt. Wortlos geht der Mund zur Flasche.

Heulend reißt der Wolf den Rachen. Von Krumenhänden
aufgehügelt, psalternd im Gespräch
beflügelt, heil strahlt eurer Glieder Asche.

Karl Seemann

Memorial

Das winterliche Land.
Sie gingen schemenhaft
den Hügelketten zu.

In ihrem Mund
Geschmack der Schlehenfrucht,
des östlich langen Jahrs.

Den Toten ist das Licht
zuviel.

Franzobel

Der traurige Hector

Und die anderen, das ist Schicksal,
die dem traurigen Hector entgegnen,
wende die Zeit und den Tag und wende
auch mit Brand und Mord noch
dein Volk mit seinem fruchtlosen,
dumpf brodelndem Herz.
Die anderen, die kaum ihre Fersen
berühren, das Heil nicht erwarten,
und keine Zusammenhänge mehr fühlen,
all diese anderen haben taktvoll und
schwindelerregend beigewohnt, als man
dem traurigen Hector in die
Reichweite kam und haben genauso
beigewohnt als man,
und als man seine Kindszunge belegte
mit dem Lied der Kassandra, da
haben dieselben anderen, und immer,
sie haben, und immer, beigewohnt.

Peter Geißler

Das ist aber schön
  das ist aber wirklich einmal schön die
Tür geht auf das
  Haus ist warm der
Tisch ist groß
  alle sind schon da und
jeder klopft dir gern auf die Schulter a-
  ha da ist er

leg deinen schweren Mantel ruhig ab wir
 heben ihn auf dein
Stock darf gleich in die Ecke
 willst du deine Stiefel ausziehen nur
zu hier ist noch Platz die
 Mütze halten wir fest nein
bücken brauchst du dich nicht das
 machen wir schon

steck deinen Kamm weg
 Spiegel brauchst du auch keinen wir
kennen uns doch du darfst auch gern
 erst eine Runde schlafen dein
Bett ist weich wie die Liebe die
 Laken sind lang die
Kissen übrigens blau du kriegst sie von mir aus
 gern auch wieder in lila aber

solche Aussicht
 solche Aussicht
hast du je schon solch eine Aussicht ge-
 sehen na machst du Witze
schau nur lang hin wir
 ziehn dir derweil dein
klappriges Geld aus der Tasche
 ist doch egal und

Prost
 Schnaps weil er wärmt
gleich noch ein Bier hintennach für die
 Seele und Kümmel und Speck und Ei du
sitzt ja schon fest
 hast es gar nicht gemerkt so
schnell geht das hier will-
 kommen zu Hause Mu-

sik tätärätä
Licht aus und Weiber
jetzt ist der Tag wie er sein soll da
lodert der Wind ums Fell da
pocht der Docht da
streunt der Durst ach
hau dir doch den Rausch hinter die Binde ich
weiß schon was gut ist

ist das Frieden
ist das Glück ich
knips dir noch deine stramme Zigarre ab dann
bist du mein Freund dann
kann uns keiner ans Hemd dann
lach dich ruhig aus
schau nur wie unser Morgen schön graut und
jetzt erzähl

Andreas Altmann

grenz wald

du blickst der grenze durch die augen. streu
siedlung, die verwesende haut der häuser.
du in den zimmern als kind. dahinter wege,
die sich um die blicke schnüren. magen
beschwerden vom kleiner werden. der wald
mit den schüssen auf dich gerichtet.

der vater müde vom schweigen. die mutter
müde vom schweigen. kein wort,
das zurückführt. sie kehren nicht heim
bis zum tod, der einen augenblick über
die zeit reicht. die grenze beginnt
in den augen davor. soldaten, papiere, ich

bin zu fuß mit den augen des vaters,
der meine hand fester drückt, und die perlen
auf mutters wimpern, die ich aufheb in leeren
zigarrenkartons und die beschlagen
bei jedem öffnen unter dem bett. im wald
sind gewehre vergraben, hat mir einer erzählt

ohne namen, seitdem sind die bäume
in den himmel geschossen, der hier verschwand.
ich achte nur auf den weg, daß ich heraus
find, bevor der abend sich aufstellt.
nur wenn ich allein bin im zimmer, schlaf ich
mit licht ein, das sich zerstreut.

Gregor Laschen

Rosalkas Wald

Rosalkas Wald sind auch die
polnischen Wälder, Baum um Baum bis
hinters Gleis in den Indianersommer
in Rolandseck
gewandert, die Wurzeln lebensgroß
und bloß, reichen nun
an die sieben Himmel, durch die sie
fluchend immer wach und ihre
Zaubersprüche bindend wandert, das
abgelebte Leben zwischen allen
Gegenden und zwischen allen
Grenzen noch bespricht, sie sagt wie
das eben so ist: „wir blödes Volk, wir
müßten ja, wir müßten eigentlich
zusammen alle machen“, nie
war der Reim darauf wirklicher
als sie und ihre Einsamkeit

unter Bäumen, die immer ja
schon wußten, daß „solches Sterben
kein Ende hat“, zuletzt im ordentlichen
Dunkel zwischen den Bäumen, in
denen ihr Wald verschwand, „wir wissen
ja überhaupt nicht, was da
geschieht“ / „und eher geh ich
in den Rhein, und im Rhein kann ich
ja nicht schwimmen“, vergiß, vergiß das
nicht, nein, das vergessen wir
nicht, sagten uns ihre schwimmenden
Bäume voraus.

Michael Krüger

Landgasthof

Die wenigen Regeln,
die wir in unserem Leben befolgten,
haben sich selbständig gemacht.
Sie folgen uns in geringem Abstand.

Wenn wir uns umdrehen,
bleiben sie stehen in kurzer Entfernung.
Die Häuser schauen verlegen,
die Straße krümmt sich vor ihnen.

Der Regen bietet Schutz.
Er nimmt ihnen die Sorge,
eines Tages wieder gebraucht zu werden.
Aber sie sind da,

wie die Bäume am Straßenrand,
die auf die Hunde warten
und den Wind, der sie kämmt.
Sie schauen merkwürdig ernst drein,

wie verlorene Kinder.

Rolf Haufs

Unsinniger Tag

Die Wand ist nah. Dahinter ahnst du
Was vergangen ist. Wohin nun?
Der Preis nicht hoch genug
Die Arme hoch! Bitte nicht schießen

Die Stadt schlägt ordentlich im Takt
Ein Crash. Ein Mord
Am Abend Wut und Sterne
Auflösung? Vielleicht schon heute

Hilf dir selbst. Steh auf und
Mach die Wäsche. Im Spiegel
Der grüne Ozean
Spuckt dich an

Für einen Augenblick willst du dich
In Schale werfen. Hut & Schlips
Blanke Schuhe
Raus auf den Boulevard da
Quatscht dich einer an willst du
Immer noch nicht mitkommen

Heinz Kattner

Bloßgelegt

Diese Unruhe ist nicht fruchtbar. Sie verbrennt seine Kraft auf der Stelle. Das sieht man ihm an. Als wäre mit einem Ruck die Giebelwand eines Hauses entfernt worden. Aufgeschnitten stehen die Räume da. Mit den angesammelten Möbeln und Alltagsdingen. Alles steht unbewegt, weil es windstill ist.

Herta Müller

Mutter wohnt dort
wo die Fähren verkehren
im Sommerbrief schreibt sie
du warst lang nicht hier
und der Himmel läuft fort
wie seidige Hunde
komm ich zu ihr
wirft sie nach mir
mit dem Stock
treibt eine Möwe über die Brücke
eine mit Tasche und Rock

Kito Lorenc

Ein Beitrag zum dialektischen Parallelismus

Zwischen den Gleisen hin, erzählte Vater
ging immer der alte Thyssen
in seiner schäbigen Joppe
und bückte sich nach jeder Schraube
Mutter, meinte er dann zu Hause
Das kann man alles noch gebrauchen

Hinter Thyssen her, erzählte Vater
lief immer sein blinder Dackel
und suchte das Gleisbett ab
nach Sprengseln Arbeiterschiß
von den Zügen der Frühschicht und
zu Hause war der Dackel besoffen

Das kann man alles noch gebrauchen, Kinder
wenn die Gleise hinten am Horizont
zusammenlaufen in der Zukunft

Johannes Kühn

Hochhaus

Das Hochhaus wirkt sieggewaltig
wie ein Handgriff in den Himmel.
Stockwerk an Stockwerk dringt empor.
Am obersten Fenster stehend
sähst du spielend
auf die Rücken
von Habichten und Lerchen,
wenn sie kämen,

auch Krähen,
an den Rand der Stadt,
um es zu sehen,
um es zu umfliegen.

Auf die anderen Häuser sähst du tief hinab,
die ringsum unter ihm stehn
wie niedere Knechte.
Kalkweiß dein Gesicht
vor der Tiefe,
Hinabsturz
kein Kinderspiel,
keine Mannestat,
Tod.

Keine Furcht,
daß es selber stürzt!
Seine Wurzeln aus Stein
haben die Baumeister tief in die Erde gerammt.
Und die Wände, daß in Wohnungen sei
Sicherheit für Kind, Mann und Frau,
haben sie sorglich
aus bestem Mörtel gefügt,
Stahlstrang und Strahlstrang
zieht sich durch steinharte Haut.

Teufelsmüh schmerzte den Männern in Gelenken,
den Männern allen
an diesem Haus
in Arbeit
durch Monat und Monat,
da das Bauwerk wuchs.

Unter ihm geh ich staunend hin,
verwünsch die Bombe,
die es treffen könnte,
und bin in Kriegsangst.

Aufdämmern läßt sie ein Flugzeug,
das noch höher fliegt
als das Haus steht,
in lauter Raserei voll Raketenlärm
am Mittagshimmel.

(Neufassung vom 31. 1. 00)

Durs Grünbein

September-Elegien

1

Für Jane Kramer

Dann flaut die Erregung ab. Vom Anblick der Supernova
Erholen die meisten sich bei Arbeit, Glücksspiel und Sex.
Von allen Mementos bleibt als letztes das leise „It's over".
Man betet im stillen, faltet die Zeitungen, trinkt sein Becks.
Heimgekehrt in die Liliput-Enge des Alltags, gedenkt
Wer davonkam des Nachbarn, den ein Hammerschlag traf.
Schicksal, von *Schläfern* gemacht, erscheint nun als ferngelenkt:
Daß Flugzeuge Bomben sind, stört kaum den technischen Schlaf.
Beschämt sieht man manchmal zum Himmel auf. Was dort fliegt,
Könnte ein Erzengel sein, unterwegs zum gewohnten Fanal.
In den Straßen der Garküchendunst riecht nach frischem Krieg.
Mit dem Drama der Schaben verglichen, ist das Leben banal.

Keiner ist Stoiker hier. Palavernd vor Schwellen und Türen,
Von Terminen und Schulden gejagt, durcheilt man die Stadt.
Wer hat schon Zeit gehabt, etwas wie Seelenruhe zu destillieren
Aus der Gewißheit des Todes und daß alles ein Ende hat?
Anderntags grinst das Kind schon mit ausgeschlagenem Zahn.
Der Globus dreht seine Runden wie eh und je. Aus dem All
Gleicht der Fleck in Manhattan einem erloschnen Vulkan.
Auch Wolkenkratzer – ihr Bau dauert Jahre, Sekunden ihr Fall.

Volker Braun

Shakespeare-Shuttle

Wie könnt ihr sagen, daß ich König bin
Das Schauspiel ändert sich, der Ernst ist hin
(King Richard II.)

Auf dem Flug über den Atlantik die Heimatzeitung
Ein Glücklicher Arbeitsloser schreibt an die glücklos Arbeitenden
Ich an mich ÜBER DIE TAKTIK DES NICHTTUNS
Ich sitze angeschnallt in der Boeing
Und trinke Whisky zwischen Wolkenfetzen
Wetterwände Aktienstürze Turbulenzen
WE WILL OURSELF IN PERSON TO THIS WAR
Die Kriegserklärung ist ein Werbespot
I shop therefore I am Kein Halm kein grünes Blatt
Weht hier herauf, aber Plastikbecher
Ich glücklich beschäftigt die Zeit zu überholen
Und meine Ansichten aus einem rostigen Zeitalter
WAS TUN muß mich geschlagen geben

Der Edelmüll in der Economy class ein Schlachtfeld
Le Bateau ivre auf dem Linienflug
Umspült von Metaphern An Englands Küsten
Brennen die Rinder Der Wahnsinn hält Hof
Die Stewardeß serviert eine Mahlzeit. Was gibt es. –
Auflauf. –
Vom Rind? – Menschenauflauf. – Der Hunger zwingts rein.
Die Lumpenzüge aus Kosinzews LEAR Statisten
Von MOSFILM queren die Kontinente
Was fehlt ihnen denn. – Sie haben Migräne. – Migranten.
Deutschland den Deutschen Nur Fliegen ist schöner
HOW SHALL WE DO FOR MONEY FOR THIS WAR
Natürlich rückt der Wald ab und kein Weib gebiert uns
Der Staat ist BANKRUPT und das Land geleast
Und ich Staatsfeind muß mich anfreunden
Mit dem und wünsch Gute Macht

„Die Welt wird klein", sagt Aafke Steenhuis und sieht aus dem 12. Stock des Plaza, „wir leben zu schnell." – „Im freien Fall durch die Evolution." – „Woran halten? die Liebe, der Mann?" Sie ist mit dem Kind vom Steinhaus ins Hausboot gezogen, „die Macht?" – „Ein Abortboot vor Dublin. Abtreibung in internationalen Gewässern!" Sie stillt noch und gestern sah sie einen Säugling im Wagen schrein und erwog, ihm die Brust zu geben, der Vater fauchte: Nicht anfassen! „In Brasilien hätt ichs getan, wo die Leute nach Dienstschluß Samba tanzen, bis der Straßenverkehr nachläßt." Sie vergaß zu essen und fand spätnachts kein Lokal und nährte sich von ihrer Brust, und ich frage, ob sie Erica Jongs verfickte Idee kennt, den Hunger in Indien zu stillen

Oder im BIG BROTHER-Container Ein Schwarzer
Vergewaltigt die Tochter aus gutem Haus
Im Schutz der Öffentlichkeit Der Sender teilt die
Verlobung mit

Mein Freund der Narr in zwei Welten wohnend
Mit einem Kopf, jetzt kann er eine vergessen
Wie geht es dir, István. – Gut. – Sag es genauer. – Schlecht.
Spielt HIOB eine backstage comedy Der Staub
Ägyptens ist der Rauch von Auschwitz
Der biblische Mantel die Lagerkleidung
Konfektion Nun werden sie nicht mehr glauben, Gott
Habe sie maßgeschneidert, der Luxus Ein Passagier
INCAGED einsitzend in so schmalem Raum
THE WASTE IS NO WHIT LESSER THAN THY
LAND
Macht eine Entdeckung Das Cockpit ist leer
Merkwürdig, es ist uns bekannt Es überrascht uns nicht
Am Eingang lehnt Hobsbawm und erzählt einen Witz
Wir wissen nicht, wohin wir gehn. – Aus einem kurzen
In ein belangloses Jahrhundert
Eine Reise ohne Bestimmung
Bateau ivre von seinen Treidlern verlassen
Die Metapher säuft Leben DIE LYRIK SPÜLICHT
Rimbaud ein abgedankter König
NOW MARK ME HOW I WILL UNDO MYSELF
Mein Herr es reicht, lesen Sie jetzt Ihre Verbrechen vor
Ich seh sie in den Augen Salz, aber euch Verräter
Seh ich auch Selber ich ein Verräter
Der seine Handschrift hinwirft unlesbar
MYLORD DISPATCH READ O'ER THESE
ARTICLES

Und Ann Marlowe, sitzt auf nem Stuhl in Manhattan den Blick in die Ferne, in der ich verrecke, und öffnet breit die Schenkel. „Einmal, noch einmal“ flüstre ich „eine Gesellschaft die aufbricht!“ – „Phrasenwichser, komm doch.“ Sie stemmt das Knie gegen den Hosenlatz des Kunden, Investment-Banking und Drogen, ich bin ganz durcheinander, aber es macht nichts. Die Katastrophen werden den Weg bereiten. „Geh auf es zu, oder nimm dir das Leben“, lacht sie. „Der

Gedanke ist stärker, der den anderen in sich aufnimmt." Und sie fischt nach dem Kellner, und als er an den Tisch tritt, schiebt sie das Feuerzeug in den Mund. Der Selbstmörder wankt hinaus, und sie hebt für mich beidhändig den Busen

Was ist das für eine Schüttel Schattel voll Schutt
Der Landeplatz eine Deponie FORTALEZA Herden
Von weidenden Jungen Im Wettlauf mit Geiern
Eine Greisin stakt würdig durch Lachen Urin
Der Penner vor dem SCHLAFLAND Powellstreet San Franciso
Bettenburgen für Urlaubernationen
Tun oder Nichttun, das ist keine Frage
SHOPPEN UND FICKEN Veranstalten Sie
Eine richtige Hinrichtung für die Angehörigen der Opfer
Das Jahrhundert ausgeblutet
Von Bildern Lager und Strände
Der Tod ein Tourist Der König Kunde
Ich muß nicht nachdenken, um die Erde/den Knast
Zu vergleichen, und weil der Knast voll ist bin ich in Gesellschaft
Frau Mann mein Hirn fortzeugende Gedanken
Der Fortschritt ist nicht besser aber anders
Ich bin bei Laune und hab nicht genug
Bis alles nicht ist
Gegen Mittag wird es merklich kälter, dann sinkt von
Oben die Dunkelheit nieder wie angekündigt
Ich seh das Weltende wie gewöhnlich Der Quotenbringer
Die Sonnenfinsternis über Reims Oder die Superbombe
I WASTED TIME AND NOW DOTH TIME WASTE ME
Mensch ohne Macht der unfreiwillige Aussteiger
Im abgenutzten Weltall sieht verblüfft
Daß er noch lebt Luft atmet Boden tritt
Auf sanften Sohlen nach mir
Im leichten Regen mein leichtes Grab

II
Der Stand der Vorarbeiten

Anna Real

Die Große Maschine

(*ARTURO VENEZIANO*. Schriftzug auf Rucksack.
Weißer Flockprint auf schwarzem Nylongewebe)

I.

Um auf Venedig zurückzukommen, Du sagst,
es sei eine Bringschuld, es gebe
diese Magie der Orte, die Gaben forderten,
Weihrauch, Bekenntnisse, vielleicht auch nur Bares.
So nahe am Wasser gebaut, daß Gott zu den Fischen
auf dem Kopf stehend spricht,
und nur gewaschenes Geld
in den Opferstöcken erlaubt.

Der Obolus wird von den Dramaturgen erhoben.
Wo selbst der Pestarzt als Vogel daher kommt,
trägt man Masken, statt in den Keller zu steigen,
und einzig die Taucher sind fähig, ans Eingemachte
zu gehen. Teichoskopie ist hier immer Blick übers Meer,
dafür darf, wer vortritt, um die Ankunft der
Aquisiteure zu schildern, ins Stottern geraten,
oder war's Schwimmen, wenn früh oder später
alle sich nur ums eigene Spiegelbild kümmern.

Hier, wo man nicht wägt
zwischen Architekten und Zuckerbäckern,
wird der levantinische Honig mit Salz abgeschmeckt,
Konfekt für die Passagiere der Gondeln,
die, unzureichend bewaffnet,
ein schwankendes Weltbild befahren,
eine Schiffsprozession entlang schöner Alternativen,
so schön, daß Heide mit Christ
die Kostümierung vertauscht, und – der Weg
allen Fleisches geht immer erst an die Häute –
einer dem andern mal Nächster ist,
man als Beute in die Fangarme rauscht.

2.

Nicht allein, das hast Du begriffen, rudert man hier.
Ein Blick über Bord, schon bist Du zu zweit.
Presto wird Dia- der Monolog. Nachts wirst Du,
wo Du im Hellen gewesen, auf einem Körper nachlesen,
mit dem Finger auf einer atmenden Karte.
Die Kanäle, die Körpersäfte, alles fließt in die Frage:
Wie hoch steigt die Flut? Und selbst die Kultur
schämt sich nicht mehr ihres hydraulischen Anfangs.

Nur Dir geht er jetzt etwas an die Nieren,
Ist es der Schimmel, die Algen? Anamnese
eines größeren Ganzen: Daß Wälder verkalken
und aus jedem Stein die Historie
sich als Feuchtbiotop outet.
Schleichende Metamorphose, von der Du nur weißt,
daß sie, aber nicht wann, jeden erhärtet oder
erweicht.

Drum flüchtest Du Dich
(schon kratzt dich im Hals ein dialektisches Hüsteln,
vielleicht sinds die Sporen, vielleicht
wird auch nur das Berlitz-Latein heiser),

auf eine höhere Warte, d. h. zu den Restauratoren
und ihren Gerüsten, Leichtmetall, patentiert
und in kürzester Zeit andernorts aufzubauen.
Mit Hochdruck wird hier die Geschichte bereinigt.
Oder ihr Bauch wird gepinselt,
je nach Art der Verschwörung.
Die Stadt sehen und sterben, war meist
nicht Schuld des Lokalgeists sondern schlicht Fristablauf.
Die Stadt sehen und nicht zu zerstören, das,
wenn's einer könnte, stiege zur Kunst des Milleniums auf.

3.

In sua tinta ... Jenes Risotto, schwarz wie stehendes
Wasser,
so schwer liegt's im Magen wie *Tintoretto* den Leuten,
die sommers und winters die Stadt tiefer zurück
in die Sümpfe stampfen. Hier mariniert man den Müll
und schneuzt sich ins Meer, eine Sammlung
sehr alter Adressen, in Wasserrändern
gelesen ab Null. Ufer, Etagen, alles spricht Bände:
Die Finger, die einer hinterrücks kreuzt,
Hände, die nach anderen fassen –
Schule der Gesten: Zeig' mir, was Du verschweigst!

Sag einer endlich,
daß *acqua alta* der Normalzustand sei.
Die Liebe zur See limbische Nostalgie,
Schaudern vorm *logos,*
der das Wasser nicht hält. Daß bisweilen eine *campanile*
erstaunlich weit aus dem Meer erigiert, und eine Spezies
ihre Jungen den Wasserbau lehrt, nichts
als fromme Umdrehung der großen Maschine:
Wie sie das Nasse braucht und das Trock'ne begehrt.

Klaus Merz

Einschluß. Vier Gespräche von selbst

1

Es nimmt zu. Von Tag zu Tag. Die Kälte. Das Gewölk. Der Schwerverkehr. Erst gestern war das Gras noch grün. Und heute? Gib es nur zu, du, mit deinem blauen und dem schwarzen Auge! – Von Schnee keine Ahnung und schon gar nicht vom Schneien. – Nimm die Finger aus den Rabatten, leg endlich die Pilze auf den Tisch und gesteh unsere Niederlage ein: Wir mit unseren Totentrompeten können nicht schneien.

2

Schwere Mäuler. Überbiss. Die Brustwarzen der Dame weisen Richtung südsüdwest: Mutter und Sohn, einander aus dem Gesicht geschnitten. Wüste Gesichter, aber ein Benehmen wie Könige, Schloßabfüllung. Sie legen ihre Grundbücher auf den Wirtshaustisch. Und gemeinden mich ein.

3

Seit Tagen liegt das Knacken der Radiatoren mir als Warnung im Ohr. Und die Tauben im Quartier sind mit Botschaften letzter Dringlichkeit unterwegs für mich. – Doch, wage ich mich einmal vor bis zum Fenster, frißt mir die Welt aus der Hand!

4

Schnee. Schnee bis in die österreichischen Herrgottswinkel unserer armen Seelen hinein: Naßschnee!

Peter Waterhouse

Ins große Gefessel vor Wien

Hier beginnen die Dinge miteinander zu reden
ein Kanister sagt Kanister
Straßenlaterne beleuchtet Garten und Gemüse
ist auf einmal Gemüselaterne
Autobahnen führen über Teppiche und Fußmatten
Autos fahren in Vorzimmer und Küchen
auf den Parkplätzen stehen Kinder und Schulen
die Schulen läuten klingeln knallen schrillen
klingeln läuten läuten knallen.

Ich bin hier zuhause, ich hab hier nichts
ich habe ein paar Ziegel im Gras
ein paar offenstehende Türen
eine ganze Menge Neon
hier gibt es fast keine Zebrastreifen
hierüber kurvt der Mond
hier habe ich ein verdrehtes Fahrrad
hier habe ich winzige und enorme CD-Läden
hier sitzen viele in der Dunkelheit und rauchen
und über den Parkplatz gehen die Tanzpalastbesucher.

Die Berglein drüben sind nicht anders als meine Zähne
der Kanister ist nicht anders als mein Gedanke
der Baum ist nicht anders als meine Kinder
das Automobil nicht anders als meine Schuhe.
Die Könige auf den Fahrrädern sind nicht ganz anders
als ich
und der Bahnhoflautsprecher ruft: Alle Fahrkarten
alles vom Baskenland bis südliche Athener Vorstadt.

Ein Stein kann eine Blume sein
und mancher im Dorf möcht gerne etwas Leichenasche
essen.

Hier ist soviel Liebe wie Supermarktverkäuferinnen
hier ist soviel Liebe wie die geschwungenen Frisuren oder
gerades Haar
die engen Todesautos fahren in die Lebensbüros
und die Mafiajeeps fahren nach Wien und Moskau.

Hosen, Schuhe, Hüte, Erbschaften,
Ausscheidungen, Reifenspuren, Liebe,
Frisuren, Tennisplätze: Nicht die Sonne
sondern der Tennisball leuchtet um 6 Uhr 46.
Ich kann die Freundschaften und Tennisbälle erkennen.

Peter Waterhouse

Trying to See the Flowers the Children the Schools

In one flower was another flower
it was not a blume
maybe it was a London
and the tiniest London.
Have you been to the tiniest London?
I've been to one-man's London
and in one-bus London
I walked in one-street London
and came to one-way London.
I've seen one-flower flower.
In one flower there is a once-flower
and once upon a time means one upon a time.
In one school there was a school
and I went to that school
and everything went
and everything went.
Across adown away.

Where are my flowers?
Where are my children?
Must not the world wend
wend from good to bad and
from bad to worse from worse to good?
Went for good?
Where is my flower for good?
Where is my flower for once?
My flower is a road
my flower leads me uphill and downhill
and I see it leading to London.
My flower leads me takes me lifts me to flowers
my children travel in this island's flower.

Dagmar Leupold

Café Hennerdreck

Ganz anders dieses Abseits:
Wespen heißen hier
Wepsen und die Hähne
benehmen sich wie andernorts
ausgestorbene Gockel

der alte Apfelbaum der
uns beschattet wird nichts
verraten, nichts von den
großen Portionen und nichts
von dem großen Hunger

den wir unter seinen Ästen
stillen und wecken –
amen möchte man sagen
wenn die Suppe kommt
behütet von sehr viel Busen:

zugeknöpft! Aus der Stadt
kommen Sie? Ja dann
kein Wunder, daß Sie uns
immer wieder suchen müssen
so gehts allen mit dem Glück

Günter Herburger

München

Zogen nach dreißig Jahren Höflichkeit
von Klein-Kensington zum Sendlinger Tor,
aus einer Herrschaftswohnung in drei Zimmer,
sind, gleich Wegelagerern, entrückt,
da es inmitten eine Art Stadt gibt:
schwarze Fullerene ähnlich Kopftüchern, wirbelnd;
Sastrugi so hoch wie Gähwinden aus Schnee;
manchmal galoppiert ein Przewalski vorüber
unterwegs via safar, Reise auf Suaheli.

Auch anderer Wille geschieht,
zum Beispiel eine Wange ist geschwollen,
beschworen acht Berufe ohne Photos,
jetzt Kontrakte und ein Kind, weiblich,
vorbei auf einem Tretroller
mit Rennreifen samt Kalaschnikow im Korb.

In der Landwehrstraße gibt es
türkische Kuttelsuppe mit Ingwer und Lauch,
in einem Laden daneben werden Elektronikwaren
namens Mir verkauft, auch gebrauchte Satelliten.
Frage: weshalb?
Antwort: für Sibiriaken.

In einem verschwiegenen Gelaß der Schwanthaler,
das einem jungen Aramäer gehört,
kaufte ich vier, das Stück für fünf Mark,
Notbrillen, zwei blank, eine grüne, die letzte rot,
die Gestelle verbogen, die Gläser scharf.
Heil Gücümüz, Kraft unser!

Neuer Lebenslauf auf Rumpelwiesen der Isarauen
bis zur Brücke Brudermühl, ihren Spraygemälden,
weiter zum Bett Flaucher, der Bräune Krebs und Kies.
Dort wird Sprengstoff gehandelt, Semtex tschechisch gelb,
deutscher Nitropenta rosafarben, beide knetbar,
doch absolut tödlich bei Kriechströmen.

Fitzgerald Kusz

fläiß fluß

„sometimes the river
becomes a river in the mind...“
w.c. williams

fluß fläiß
fläiß fluß

schäi daßd ned schdäihbleibsd
wenni nebä diä heägäih
und weil du ned schdäihbleibsd
bleibi aa ned schdäih

iich koomi nu su schiggn
du fläißd viel schnellä wäi i gäih
iich hull di nie und nimmä ei
dou kooi gäih und gäih und gäih

fluß fläiß
fläiß fluß

immä weidä moui mid diä gäih
bisd innern andern fluß fläißd
und dä andä widdä innern andern
und su weidä immä weidä bis ans meer

und wäi i su nebä diä heägäih
und aff diich horch wäisd rauschsd
fläißd durch mein kubf nummall ä fluß
und deä fläißd und rauschd wäi du

fluß fläiß
fläiß fluß

wou is es meer?
wou nehmin blouß es meer her
es meer fiän fluß in meim kubf?
wou is des wou?

Durs Grünbein

September-Elegien

2

Herbst, der Regenmacher ist da. Vorm Fenster die Fernzüge fegen
Mit dem Fahrtwind die Tropfen vom Geländer entlang der Gleise.
Avanti, dem Neujahr entgegen. Vielleicht bringt ja Winter den Segen.
Früh im Spiegel, wer da? Nach dem Putzen, Zähne zusammenbeißen!
September, der Herbe, greift unters T-Shirt, zerrt an den Haaren.

Härter das Licht, es bewirkt, daß die Blicke, vom Sommer erweicht,
Überall sich an Schnittkanten brechen. „Herr Ober, zwei Klare."
Im Stadtpark, wie im Gebirge, ist die Baumgrenze schnell erreicht.
Aufwind, Abwind – die City entzieht sich von nun an den Ihren.
Mit grauen Fahnen drapiert, unterwandert von U-Bahn-Schächten,
Lädt sie zum Rückzug, bis sich am Abend die Schritte verlieren.
Trübe Aussicht, vom Dunkel verschluckt zu werden, geächtet
Von einer Witterung, die zum Hausarrest zwingt, von kaltem Beton,
Kaum unterscheidbar von Taubenbrut. Steif bricht man auf,
Steigt in den Tag ein, beherzt, und verschwindet als Ton im Ton.
Terminus, horch, der Gott mit der Tarnkappe, hüstelt und schnauft,
Dicht auf den Fersen. Versprüht seine Keime für alle und keinen.
Grippe und Terror, ist die Parole, an der man den Nächsten erkennt.
Mancher drischt – Feind, komm heraus – auf sein Kopfkissen ein.
Unter all den Erregern, Sarkasmen, hey, fühlst du dich pudelwohl.
Rattenscharf in der Kälte, staunend, wie Zeit alles niederwalzt.
Recht so. Ist Liebe denn nicht dies berauschende Aerosol,
Das den Taumel zur Tanzstunde macht, im Kalender ein Halt?

Marcel Beyer

Memoiren

Wir sind hier festgeklebt, im Maßstab eins zu
fünfundvierzig, die eine Hand im Schoß,
die andere erhoben Euch zum Gruß. Wir stammen

aus der Heimarbeit, hier aus der Grenzstadt,
Narva, der eine trägt den alten Jogginganzug
auf, der andere das übliche Touristenhemd, so

fügen wir uns in das Diorama, der Grünstreifen,
die öffentliche Bank, der Parkplatz vor Mäc
Do bei Sonnenuntergang um vier. Unsere Finger

sind verklumpt, verboten rosa, auf den Gesichtern
liegt ein leichter Schwarzwaldschatten,
die Schnauzer im Akkord gepinselt, alle etwas

schmal, bei Winterlicht die Ausschußware. Tote
Insekten jede Menge um die Füße, ein bleiches
Auge und ein ausgeglühter Stummel, der zwischen

unsichtbaren Lippen hängenbleibt. Auch Euch
erscheint die Welt am Ende krimsektfarben,
und wenn Ihr näherkommt, könnt ihr uns murmeln

hören: Gebt uns Klarnamen, gebt uns naturgetreuen
–lack, GEBT UNS EIN MITTEL GEGEN MEMOIREN.
Vergessenheit. Mundsoße, Crack: Geraten.

Marcel Beyer

Behandeltes Holz

Holz kommt zum Vorschein nur, wenn es behandelt
ist, der schwere Ton, die falsche Maserung,
Novemberregen, und ich, als Pelzfigur im

Küchenarrangement, ein bißchen pummelig, dabei,
mir das sowjetische Appartement einzuprägen,
Wandschrank für Gästegarderobe, Wandschrank

für alte Zeitung, beide dunkelbraun, der Vorhang
zugezogen Tag und Nacht, ist es der Lack, die
Beize, ist das anderes Plastik hier, als Revalraucher

ich, als Rumbaveteran, da steht dein Aschenbecher,
da deine Kamaschüssel, da dein Wasserglas, alles
Kunstfaserfragen, Holz bleibt so lange unsichtbar.

Elke Erb

Wie seit 30 Jahren

(Karl!
verblaßt.)

(– Blick über das Gras hin,
den Pfad entlang).

Ein Specht klopft
am ehemaligen Elektromast

Elke Erb

Nämlich

Cottages: einfache Hütten mit
nicht mehr als zwei Räumen, in der Mitte des größeren
das offene Feuer, kein Rauchabzug.

„In einem von groben Einfriedungen umgebenen Hof
war das Vieh untergebracht, mit dem die Menschen
in Winternächten das Haus teilten."

Daneben zog der Gutsherr
die Repräsentation auf. Der Anblick der Armut kichert.

Das „Ebenbild Gottes" ist eine Einheit.
Das Ansehn des Stattlichen ist ramponiert
vom Unansehn seines Nächsten.

Die kümmerliche Hausfront kichert,
die Waagerechten entehrend.
So war es, so gings.

Christel Mertens

draußen

wo es laut ist von den Zügen
lag unter der Brücke
dieser blutjunge Hund in
schattiger Schrift

Hans-Ulrich Treichel

Berliner Sommertag

Ein Himmel aus staubgrauer Pappe,
Kastanien, die zittern wie Espen,
wenn die U-Bahn durchs Wurzelwerk rast.
Die Mauer ist nur noch ein Strich
in der Landschaft, der Landwehrkanal
eine bleierne Brühe. Zu viele Dackel,
für meinen Geschmack. So viele Russen.
Zu wenig Luft in der Luft.

Robert Gernhardt

Nach Norden

Sehr naß und braun das Land. Darüber Krähen.
Hier ackern oder säen nur Verdammte,
dem Boden eingerammte Troglodyten,
vor denen sich zu hüten ich empfehle.
Es haust die wüste Seele dieser Wesen
in einem Körper besengleicher Derbheit,
vertrocknet, hölzern, herb. Seit Olims Zeiten
verfolgen und begleiten böse Geister
dies Volk, um ihrem Meister, Satan heißt er,
das Glück des Unglücks-Anblicks zu bereiten.

Henning Ahrens

All Right

Wir gehen immer dieselben Wege,
längs des Waldes von Krüppeleichen,
längs der Brachen und längs des Baches,
wo auf den Wiesen Rehe äsen.

Am Himmel das bleiche Gesicht des Erhängten,
die Zunge schlappt ihm aus dem Mund.

Wir bleiben stehen. Die Erde rollt weiter,
sie kippt das Land in Dunkelheit.
Die Sterne, gelöst vom Licht der Dörfer,
regnen auf den Ackerrain.

Ich stelle ein Schälchen Milch vor die Pappel.
Dies ist der Ausgang zur Nacht, mein Schatz.

Wir gehen weiter, im Schädel die Asche
verbrannter Tage – kein Phönix in Sicht.
Ein Wind weht vor uns her, die Erde
zieht sich vor unsern Schritten zurück.

Am Himmel das fahle Gesicht des Erhängten,
schief hängt der Kopf im Galgenstrick.

Wir gehen immer dieselben Wege,
längs der Koppel, wo Schatten grasen.
Im Dunkel flattern verspätete Krähen,
sie suchen den Schlafbaum und finden ihn nicht.

Wilhelm Bartsch

Das Brockengespenst

Harzdunkel spiegeln die Berge – Gernrode
Ganz in der Frühe sieht Gandersheim gleich
Aufschaut Roswitha fließt über in Mechthild
Aber Braunlage fließt über in Elend
Kennet des Menschen im Spiegelwald nicht
Wo sich im Scherbenklang steinerner Rennen
Ansah das Einhorn als Bock dann als Teufel
Wer ich mal war auch vom Schloßdach der Ilse:
Stoi! schrie mein Umriß – das Brockengespenst

Einmal aufs Paßwort kam ich dahinter
Alles erschien nach der Grenze gleich glatt
Wie wenn der Spiegel gedreht und geputzt war
Gandersheim früh blickt gleich durch bis nach Helfta
Einhorn Roswitha jagt Blocksberggelichter
Ich aber sah nur wie seitenverkehrt
Immer nur geistert der Deutsche der Brocken
Wo ich auch geh und ihn spiegle und fremd
Wie der Magnetberg von Ultima Thule

Dieter M. Gräf

Kippen der Oberpfalz

die halbmondförmigen Spitzen breiter,
viereckiger Eisennägel, Orient, Öl

berg, es heißt: das Kippen ihrer
Oberpfalzstimme ins Altaramäische,

ein Nebenwunder. Muhen der Kühe.

Das kontrollierte Mundspülwasser,
die nachgemessenen Ausscheidungen.

Fernsehen, Lichtnahrung; Frei
tagsleiden, während sie die Kreuzigung

überträgt: Blutstropfen in den Augen
winkeln, Hand-und-Fuß-Stigmen,

Lanzen-, Nagelwunden. Ihr nun auf
blutender Kopfverband, während

der Heiland, *ihr galiläischer Meister,*

die Dornenkrone in die Kopfhaut,
martialisches Mithören der Hammer

schläge vor ohnmächtig werdenden:
Zuhörer seiner berstenden Knochen;

draußen die von Schlägen gelockten,
streichen ihr die Lebensmittelkarte.

Hugo Dittberner

Dialogschleife

O kühler Luftzug Klang nach oben
Der Graf vom Wetter
dreht sein wehes Knie
Motoren ballern
das Drama aus allerlei Gehäusen
westwärts

Ich hab das schon verstanden
Aber warum?
Nur weil wir ironisch
dasitzen?
Ein Treckertag geht zu Ende
Der Held neben dem Riesenrad
winkt den Grillen: Es ist aus!
Den Rest der Landschaft
schieben andere weg
Der Garten Eden ist längst da
Wein Kastanien Das gute Umfeld
Wie oft hab ich gesagt: So isch recht?
Lange flach gehaltene Dörfer
mit einsamen Spitztürmen
lassen den Blick zu einem Stich
der Seele werden: Ja hier ist es
wo wir auf die Krume treten wollen –

Wulf Kirsten

vorübergefahren

vorübergefahren, nichts böses gedacht
an diesem beweglichen morgen, als
notgedrungen nur zuschauer ich blieb,
dünn besiedelte landschaft
auf eine filmrolle gezogen, ein
endlosband, von eigener hand
mühelos aufgerollt, das mir zeigte,
was zu sehn war langhin zuseiten,
vorübergefahren, nebenher strudelte
ein flußlauf hektisch milchkaffee-
braun, der breitwannig hochwasser
führte in seinem bett, das ihm

nicht mehr genügte, überstürzter
aufbruch meerwärts sehr bildhaft,
hineingeweht in den landstrich
ein ortsschild in gelb, Eichbühl
gelesen, zweisilbiges wort im fluge
erfaßt, wie leicht zu vergessen,
weiß ich, wieviel abgeschaffte
schönheit hinter dem namen
verborgen, ob noch der rede
wert, rastrierte flächen gleich
den ortsnamen vorübergeschnellt,
die so offenherzig über sich auskunft
geben von wohnsitzen, in erdfalten
und mulden geschmiegt, nie vernommen,
was da aufzuckt im licht und schon
wieder beiseite gerückt, was stehn-
bleibt, aufrauschendes wortgut,
vorübergefahren.

Hellmut Seiler

Wandelnde Denkmäler

Borsec/Ostkarpaten, im Oktober 2000

Vorbei an der einzigen Turmuhr
Anders rinnt hier die Zeit
Die geht, um, und schlägt, zurück
In jahrhundertealten Staub

In Sächsisch-Regen

Der Neulichtigen Wettlauf:
Partida Romilor/ Partei der Roma
Landesfahnen fix gehißt –
Rübenschnapsnasenfeiertag

Zu den Kühen im Kurpark
Von Borsec, abgebröckelte
Jugendstil-Girlanden
Um den Schellenhals

Zwischen ihnen hindurch
Trotten die herabgestiegenen
Statuen und humpelnde Büsten
Und scheren sich einen Dreck

Um die allerorts kläffenden Köter

Josef Oberhollenzer

sister sister, sonett mit kühen

und saß vor der hütte und hörte
dem geläute der kühe zu
und nichts & niemand störte
meine deine: almwiesenruh –

der himmel, so samstagverhangen
die landschaft, so abendstill
ein unendliches, blaues verlangen
plötzlich: ich will, ich will –

aber ach, was ich wollte –: rien ne va plus
was erträumt ich, ein traum nur –: vorbei, perdu ../
„Nein, sagt!“ – und saß lang noch, im samstagregen

vor der hütte –, *„Ein Traum, ..“* – saßen ich und du
und hörten (halb 'm off/ und halb auch im schrägen)
dem fallen des regens zu

Johannes Kühn

Der Keiler

Keiler,
Schwarzkittel,
bohrzähniger Grunzer,
der durch die Wildnis prescht,
sich Bahn bricht durch Dornengeheck,
deine Haut, die tönende,
ist wie aus Leder.
Dein Grunzen
ist wie verunglückter
Trompetenton, du bist zahm
unter fallenden Eicheln,
wenn der Herbststurm
unter deine Freunde,
hohe Eichen,
Reichtum schüttelt
gut schmeckender Früchte.

Herr der Säue,
drei sind dein!
Kann ich mich verzählen?
Wenn du die Betten suhlst
im Bachmorast
unter Wäldern,
geht ein vergnügtes Leuchten
Buchen durch den Sinn.
Es läutet der Pirol
die Hochzeitsglocken.

Der Eichelhäher schwärmt
von den breiten Blättern
deiner Ohren,
der Fuchs singt

die listige Weise,
die niemals gelingt,
wie du zu fällen wärest
mit deinem Speck.
Da muß schon ein Jäger zielen
mit scharfem Rohr!

Dir glückt noch mancher Wackellauf
durch das Rapsfeld,
du stülpst die Kartoffelstöcke um
und bist wie die Schwalben schwarz,
ein Läufer der Dämmerungen,
die dich behüten
ohne Angst.

Johannes Kühn

Das Hausschwein

Es ist kein Stimmbandwunder,
hat keinen Stimmbandriß.
In der Rüsselschnauze,
im Speckhals, mein ich,
hat es Trompeten,
mächtige.

Sie dröhnen durch den Stall
am Abend, wenn das Tier
der Hunger sticht
sehr schmerzend
wie ein Metzgermesser.

Der Bauer kommt,
hemdsärmlig,

und es begibt sich Wichtiges,
so daß er laut mit seiner Zunge schnalzt.
Er schüttet Fressen,
wohlriechende Kartoffeln,
gut gewärmte,
Brotkrusten,
braun in Quark,
in die Futtergrube.

Es platscht
aus großem Topf
und füllt den Steintrog,
was er gekocht.

Das wird Festfleisch,
Werktagsbraten,
das werden Würste
und Speck
und Schinken,
zweifle nicht!

Die magren Tage sind verdammenswert!
Friß, Schwein,
begabe deinen Leib
mit vielen Zentnern
lebendem Gewicht, so daß die Waage birst,
wir duldens.

Zwei Jahre sollst du leben
ohne Namen
als Hausschwein
und jeden Tag besucht
vom Fütterer,
leg dich hin,
weiß wie ein geschältes Eichbaumstück
von einem hundertjährgen Baum,

ruh,
ruh und bemühe dich um nichts
als nur um Futter,
schwitz kein Fett aus deinen Poren,
wir dankens dir.

Walle Sayer

Skizze

Vom Hochsitz aus, das Schweifen umfängt
den Blick, am Ortsrand verdecken Häuser

die Häuser, die Vizinalstraße schlängelt
sich fort, Lichtintarsien, die Landschaft

unterm Schnitt der Drähte, eingefaßt von
einer Waldeslänge, dem Saum der ungemähten

Futterwiesen und der Entfernungslinie, hin
zu einem Feldkreuz, aus Windwellen ragend,

wie ein Wegweiser, der in zwei verwitternde
Richtungen zeigt und moosgrün deutet auf den

Himmel, der mit seinen Schwalben
Weite mimt, bis zum Hohenzollern.

Oswald Egger

(Stumm)

Werge, Gerstkornäcker auf der Irl-Trift, Fichten, in
Fallaub hohen Häufen, Ziefern die Grasgaden Bülten
Strickginstern und Ballgast-Rosen Schermtennen
der Töddern, Streben *Tricotage, Omgarn (Kleethe)* oder

Ährentraub Abende, die Schwertheu in die Vornacht
ragen, in sich ungezählten Weizen sicheln, Wermut,
Spiergras, die Dolchwogen Gold-Brahne wiëhgen
Windschaufel-Lauben, Spelter-wuchten Hüls-Pfriemeln

die eingenickten Wangen Unlilien, in die Palm-Hand
gelegte, Espelstauden, die still-Schacht in den Schwärz-
herbst der Äste vereisten, Fruchtgluten und Tincturen,
die in Himmelristen Farben stieben, Wiesenwindblumen

Esch-Bechern zu oft Zeltqueck-Glocken, Gleimchen
die Streifsen, Nebel-Behen Fluhmen, Hag-stolz
Frieseln-diese in Bewegungen der Vormahd stacheln. Und
Feuerstunden einkentern („eiste“) Sommerrappen licht-

schwarz, Wölbbleche und Gaft-schaft Trugdunst
sickerte aus Feuchthalden Angerrieden, und die
schroffen, Gränharzbäume sch’bechtern sich Waben,
falb Kleblehm-lärmgestreut zu Rischten Unbahnen und

Striemen (Glucks-Wicken) im Klungc-Kessel
Schwarzwasser der Flockviolen Knobben, Feuchten,
Treppelbeeren. – Und glumen Herlinge, die Reben, und
Heu und ihre salche Leichtigkeit, Hüpfeln, Spring-

felder-die Krumenmulden Trauffdolde beides, über-
wägen, schwebeln, wie ’t-Duchten Gauch-schot *taxus*-

Samen und, tragant, Kornwegregen in Pintgängen der
Ingestion („das weiß ich nicht") Balloten.

Augenicht, und die Dünnschimmer-Larven Leerbeeren
emaillierten ununscheinend hülse, Kermel von luft-
Tummelfliegen sirrende Eisgran Weizen Perlglast
in Syzygie szintillierend, *zzyzx*-Elritzen („zzyzx").

Jürgen Becker
Der Stand der Vorarbeiten

Die Küste schien näher zu kommen, landeinwärts, und
in der Dunkelheit draußen wußten wir nicht, ob wir
uns täuschen ließen. Stille ringsum, wenig Bewegung,
wir bereiteten die Fortsetzung der Reise vor. Ob es
weitergeht, wir werden sehen. Jetzt hängt

der Rost in den Bäumen, und ich verschiebe
die nächsten Recherchen. Vergriffene Bücher.
Überwachsenes Gleisgelände, in das die Tonspuren
münden. Verwirrendes und zu viel, aber wenn es
um Nachrufe geht, sind es zu wenig. Es fehlt auch
die Arbeit, die zufriedene Gesichter hinterläßt, weil
man, endlich, aufgeräumt hat. Deshalb die Bilder
vom Strand, im Winter ein Strand, wo nichts
lange liegenbleibt. Das Geschehen, auch wenn man
es meint, ist nicht immer dasselbe, eigentlich nie,
wenn der eigene Körper beim Seitenwechsel mitmacht.

Wir werden sehen. Voraussichtlich ein knarrendes
Fuhrwerk,
das aufreizend träg zwei Ochsen ziehen, und
mit den Ängsten hält die Langsamkeit an;

leicht einsehbares Gelände. Kein Traum hat
die Sache zuende gebracht; manchmal kam es nicht
weiter, das Muster der variierten Verläufe; dann schien sich
etwas zu öffnen, das aussah wie ein stehendes Gewässer.

Dabei war es anders. Es war ein Sommer und kein
Friedensvertrag. Die Äcker standen voller Tomaten.
Die Mädchen fuhren mit im Jeep. Die Luft war leer,
und gemeldet, in der surrealistischen Hauptstadt, wurde
ein Hitzeverbrechen. Irgendwo liegen die Karten,
die Skizzen, die so lange keine Bedeutung hatten,
keine Zukunft, bis ein paar Stimmen zum Speicher hoch

drangen. Dort hat das Haus sein Gedächtnis, nur wenn
du hinfaßt, hast du rote Finger vom Ziegelstaub.
Keiner kommt helfen, und dennoch, es geht um
Zusammenhänge und nicht um Beweise. Zweige
schwanken unter dem kleinen Fenster; es sieht aus
wie der Entwurf einer Schrift, die es im Nichts
der Luft versucht, mit Gesten, die zweifeln, aber
beharrlich sind. Egal, woher der Wind kommt, wenn
er nur ruhelos bleibt; Eisschollen, Planwagen
tauchen nicht auf. Aber die Wäscheleine

mit ihren Jacken und Hosen zieht eine Spur, die
nicht aufhört, auch wo sie aufhört
vor einer Holzwand ... über die Augen legt sich die Hand,
und man ist sicher, man hat nichts gesehen.
Die Möwen, die vor den Fenstern auftauchen, gehören
woandershin, doch eine Kopfbewegung nach Westen,
und du weißt, anderswo springt die Zeit vor, der Morgen
telefoniert mit dem Abend, die Pässe will keiner mehr

sehen. Man war nicht dabei, und wo der Nebel nicht
hochgeht, sieht man im Nachhinein auch nicht, was sich
in der Gegend verändert hat. Reisende

verlieren den Ortssinn, wenn sie lange und nachts
unterwegs sind. Die Namen, die auf der Zunge
liegen, fallen dir im Moment nicht mehr ein, und
das Geräusch wechselt zum nördlichen Stadtrand, wo

ein Traktor übers Rübenfeld geht. Schon wieder die
Möwen,
wo kommen sie her ... der Strand endet in der Kiesgrube
unten, in den Spiegelbildern des Himmels, der sich hier
von der Küste getrennt hat. Der Wind schiebt
die Flächen des Lichts vor sich her; es geht rasch,
schattenlos, so weit die Ebene reicht. Nachmittags
Kinder. Losgelassene Drachen, bis hoch
in den Stillstand des Fliegens, der auch den Film
einer veränderten Gegenwart anhält. Ganz unten

steht verstaubt der Schulatlas im Regal; Kolonien,
Gaue, Provinzen, ein Bündel Ansichtskarten verwahrt
den abgetretenen Besitz, vor dem das Erinnern
zurückscheut. Oder wo fing das Niemandsland an,
die Ebene im Morgengrauen, wenn die erste Patrouille
aufbrach ... Die Schneespur blieb
das einzige Dokument, für ein paar Stunden, dann
brach auch diese Verbindung ab; im Studio
später mischten wir ein paar O-Töne ein, Windstöße,
Flammengeräusch, der röchelnde Kübelwagen. Einige
Jahrgänge

kennen sich aus; die Sopranstimme fragt, was
Schneehemden sind; alle die abgelegenen Häuser
wurden durchsucht; Klavierspiel brach ab, als
die Terrassentür aufsprang. Jetzt weiß man im voraus
Bescheid, und Pfeile zeigen die Fluchtwege an.
Wir werden sehen. Der Wetterbericht ist schon da. Dann

ruft auch das Reisebüro an, ein bißchen verwundert, weil
uns noch eine Frage einfällt. Aber was meintest du

denn, als du von Häfen erzähltest, in denen
ein Stau von Flüchtlingen steht ... man kann doch
einfach durchs Land gehn, ohne daß man
ausgefragt wird. Und wir wissen
von früher, wie es weitergeht, wenn
sich die Augen an die Dunkelheit draußen gewöhnen.

III
Friedrichs Feigen

Michael Krüger

Nachtflug

Weil alle Flugzeuge verspätet landeten
und nicht mehr abheben durften,
kamen wir, ein vielsprachiger Rest,
in eine Maschine, die schon ausrangiert war.

Ich saß auf 34 B, in der ungeliebten Mitte,
rechts von mir ein nachtschwarzer Engel,
der seelenruhig seinen Müll sortierte,
links ein Herr, der Platon las, im Original.

Rauchen war nicht verboten, auf Reihe 20
kam sogar eine Wasserpfeife zum Einsatz.
Im Gang wurde Fußball gespielt, und vorn
in der ersten Klasse übte eine irische Band

das Requiem von Verdi. Auch ich habe mir
meinen Lebensabend anders vorgestellt,
sagte die müde Stewardess und bot Zeitungen an
vom vergangenen Jahr. Der Pilot lächelte

im Schlaf. Wer kommt schon an, wo er hinwollte,
brummte der Engel, und Platon nickte ein.
Gegen Morgen, als auch mir die Augen zufielen,
gingen wir in die Luft.

Johannes Kühn

Männer

Den Teufel laden sie schon einmal ein,
zu trinken aus dem gleichen Glas,
erzählen sie,
sie treten einen Pfad durch eine Wiese
viel schneller als die Fraun,
sie sind die Herrn der Welt,
die so selten seufzen.

Johann P. Tammen

Ich trage was davon

Ich trage eine gelbe Wintermütze   stirn
warm vor aufgerissnen Augen   leblos fleckt
die Krötenhaut   kein Wünschen prallt mehr
daran ab   ich kleide mich ins selig raunend
Eisigkleid   und geh ans Meer   allmächtig
überhitzte Herzen zählen   so tief   vermengt
im Tropfenhaus der grauen Flut mit bitter
süß gesalbten Ohrgenüssen   da ist in allen
Tiefen eine Beuge matter Zungen auf denen
bald der Lieder Fetzen dorren werden: dann
ruh ich aus   daheim   geborgen auch im Fell
der Lebendtiere   ihrem Pulsgewand.

Herta Müller

ZUR MITTAGSSTUNDE KAM DIESER KUNDE mit dem
schweren holzkahlen Kopf setzte sich locker vorn
auf den Hocker und sagte Herrn Klenk er
solle ihn scheren er wolle die volle Rechnung
bezahlen und dann zu einer Hochzeit
fahren
Herr Klenk sagte wir sind uns im Klaren
begann hinter dem Mann mit zehn krummen
Fingern durchs Leere zu fahren und mit
dem Mund wie ein Werkzeug zu brummen

Kathrin Schmidt

ich hatte im mund ein bündel

blutwurz, lief, meine stiere im nacken,
dem halbsatz zu, ein halbes
chromosomengelächter, das mir an die wäsche,
die blanke substanz ging, ich feierte
bauchladenschluß, das dreiundvierzigste jahr
hatte ich so gestanden, die hände
nach vorn oder oben, ergeben, ich fühlte das bündel
wispern im mund, es bat um sein
ende, den blutsturz –

an den füßen der
zwillingskinder hafteten dreck
von heiligen kühen und schäferhundkot,
die wege waren mir deutlich markiert
und bedeutet, immerhin schon das dreiundvierzigste
jahr hatte ich so gestanden, die hände
zur frucht geknotet, ein einziges

futteral, uterale ader
unter dem abraum aus fleisch –
ex. und hopp explodierte
kein fisch, keine fliege
fiel von der wand nur leichtes
vibrieren, von engelszungen
in die stockende luft geküßt,
daß ich umfiel, figur
ohne standbein, fruchtknotenblau
schon das dreiundvierzigste jahr,
einfach erledigt.

Ludwig Harig

Ein bißchen Licht

Der Mensch, ein Fehlkonstrukt: Er weiß, er muß vergehen.
Und trotzdem tut er so, als ob er es nicht wüßte:
Er leugnet seinen Tod. Der Mensch, der's wissen müßte,
erfindet einen Gott, rechtfertigt sein Versehen.

Schau an den morschen Leib: Die eingeschlafnen Zehen
und auch den Zahnverfall, die Sache mit der Zyste,
Gehör-, Gedächtnisschwund, den jähen Sturz der Lüste!
Ich hoffe insgeheim, ich hab nichts übersehen.

Der Stein braucht kein Gehirn, er rottet vor sich hin.
Und ist er nur noch Staub, erfüllt er keinen Sinn,
worauf der arme Mensch so jämmerlich erpicht ist.

Er reißt die Augen auf: Rings nichts als Vakuum.
Und macht er sie dann zu, wird es um ihn herum
für immer dunkel sein, wo jetzt ein bißchen Licht ist.

Oskar Pastior

Gebären und Begehren

Der Baustein im Steinbau
verursacht im Staubein den Beinstau
– darum gibt es die Rolltreppe.
Die ihrerseits ihren Repro-Troll hat,
sozusagen ein kleiner Bergkönig
für den Peer Gynt in uns,
mit Sitz im Rolltreppenvorlauf,
dem er – unfehlbar schwarz – per
Dekret diesen vorauseilenden
Irregularius erteilt –
immer kommen wir etwas später an
als jene Finger, mit denen wir am
Gummi kleben das uns Gummistummlige davonzieht.
Denn im Straßenkefir
kann das Fußballferkel
seinem Fakir immer nur
durch Unterföhring über B nach
A antwerpen oder aber qua Gebärden-
sprache derweil ihn zum Dü-
bel knöpfeln, blitzlang.
Irgendwie ägyptisch.

Friederike Mayröcker

„und dasz die Vögel sich schlafen legen“ (Raoul Schrott)

dieses Stückchen Rasen, im Morgengrauen
fiel es mir wieder ein, im Morgengrauen
nachdem ich das Krankenhaus nachdem ich sie
verlassen hatte, dies Stückchen Rasen, im Morgengrauen
fiel es mir wieder ein, mit bloszen
Füszen, ich erinnerte mich, viele Jahre vergangen, ich
erinnerte mich, als ich sie besucht hatte, im Krankenhaus,
ich spürte den Trost da einzutauchen, Vorplatz
des Krankenhauses, dies Stückchen Rasen, damals.
Viele Jahre vergangen, aber ich spüre die Berührung
des Rasens, Vorplatz des Krankenhauses, zwischen
den Kopfsteinen, es war 1 Trost, obwohl, sie ist
schon 7 Jahre tot, usw., diese Genugtuung: ich
hatte sie besucht, ich hatte ihr Trost zugesprochen,
damals, 1 Sommertag, *dieses Entflutende eines*
gebrochenen Weiszes. In meiner Behausung, ich ging
vorgebeugt in meiner Behausung umher, strauchelte
stürzte : da fing sie mich auf.

für meine Mutter

Ulrike Draesner

verwandlung

lieg knirschend
in den erdnußschalen eine
frau im hermelin nimmt
mir die kleinen organe ab
amygdala ein bißchen nieren
schaum. ich habe die spreng
träume (wieder) gehabt das
flixe sehen: wie eine
gruppe halbnackter sich gegen
eine tribüne lehnte schuppen ihre
zarten körper und die dunkelhaarige
mit ihren händen einen geist
aus der erde zum
sprechen brachte: er stieg
aus der in uns
geschürften stelle
rauchte purpurne asche
die in den lungen raschelte
wie gift oder eine lösung manche
leuchteten davon eroberten
die rekorde des stadions andere
stachen sich die münder an kakteen
und tauchten zur kühlung in ton
ich aber froh ganz hinten
gewesen zu sein erkannte
halbwach daß alles fake
die sprengung inszeniert einer
an einem fernen knopf hatte
ausgelöst.

dennoch mußte ich bezahlen

es wird wohl später gewesen sein
die abgabe der kleinen organe
und ein nur leichtes verschieben
des blaus auf der tür der ich begegnete
zu grün
und dann: eine musik

Alfred Brendel

Wir wollen nun
ungeachtet der damit verbundenen Mühsal
die große Zehe des linken Fußes
in den rechten Mundwinkel schieben
und in sie hineinbeißen
eine Anstrengung
die der Wirbelsäule
zumal ihren untersten
ins Hüftbein mündenden Ausläufern
die ersehnte Gelegenheit bietet
sich laut knackend zu entkrampfen

Seht
wie die Last von Jahrzehnten
von uns abfällt
während wir
Säugling und Amme zugleich
auf gerundeten Rücken
uns selbst in den Schlaf wiegen

Norbert Hummelt

nocturne

man weiß noch nicht was gleich im schlaf
geschieht aus zufall nur fühlt deine hand
mein glied es sind die dinge der sichtbaren

welt dafür gemacht daß man sie blind behält
als etwas schwebendes das sich verwandeln
kann ich sah die wolken immer für gebirge an

hoch wie massive einstmals die aus badeschaum
von meiner brust sich hoben wenn im urvertraun
ich nur die arme etwas aus dem wasser ließ u.

tiefer tauchte bis mein kopf anstieß u. glitt
die schädelnaht am weißen wannenrand es
lag mein leben nicht in meiner heißen hand

Ludwig Fels

Atemlos

Da hast du jetzt dein Leben ohne dich, ich rede mit mir.

Ich weiß, ich rede immer mit mir.

Alle, die gingen, sind hinauf, sind
Sterne, die man nicht mehr sieht.

Und das hat nichts mit Nacht zu tun. Ich kenne die
Nacht.

Sie herrscht tief im Schädel. Sie verfinstert das Herz.

Ich rede nur mit mir.

Da hast du jetzt dein Leben gewollt oder nicht
es gehört dir verbrauche es schnell langsam
es besteht keine Wiederholungsgefahr.

Ich denke, ich könnte höflicher sein.

Irgendwann ist es soweit und die Angst explodiert
und eine kosmische Energie fackelt die Zunge ab.
Zeit zum Träumen, ich fand keinen Schlaf
denn kalt war der Schlaf usw. ...

Ich rede im Schlaf.

Ich singe auch im Schlaf.

Singe in einer Sprache, die mir Angst macht.

Die Revolution klebt mir im Hirn die Rosen
stehn im Blut. Die Wand ist das Bild die ewig
graue Wand.

Da hast du jetzt etwas, worüber du nachdenken kannst.

Es gibt so schöne Vögel im Traum bunt gefiedert
lange Zungen hängen ihnen aus den Schnäbeln
lecken mir Schaum von den Lippen

damit ich rufen kann.

Wo bist du, meine Liebe?
Wo bist du, mein Glück?
Zum Beispiel.

Ich bin's!
Inmitten fliehender Natur.

Möchte vorwärts fallen, rückwärts fliegen
singen, schweigen, aus der Traum.

Mehr gibt es nicht zu sagen, eigentlich genug.

Da hast du jetzt dein Leben ohne dich, ich rede immer
noch mit mir.

Das, wirklich
ist das letzte Wort.

Günter Kunert

Statt der Speisekarte nur Folianten und Pandekten
Gruß dem Herrn Ober, bitte eine Suppe Spezies
Eternitatis, her den Löffel, daß man mich erneut über
Denselben balbiere, greif zum Messer auf die schnelle, was
Runtersäbeln vom frischen Fleisch, schier zwanzig Jahre
Ist es alt, geboren zum Verzehr, ach, unterlaß die Zähren!
Das Unnatürliche, ihr wird's Ereignis! Daß eins und eins
Zusammenkleben ist Pech und Geschwafel. Herr Ober,
Wo bleibt der Nachtisch, die Farbe des Geldes ist blond,
Was kost' die Welt, rasch einen Draufmachen, einen
machen,
Homuncoloss, den Riesenzwerg, für den Jahrhundert-
markt,
Für die Weltverstellung, Mondo beschissima,
Das Publikum erfordert gewaltige Mikroorgasmen und
ähnliche
Spasmengen. Giganten wollen sie, himmelhochächzend,
bis zum

Tode beliebt: Das braucht Kraft! Leere darum deinen Teller
Brav. Schlinge, wem Gedärm gegeben. Zeug hin, du
Praktikant
Der Genesis, streu deine Gene aus und ein, fürchte
Keine Furche, keine Scheu vor ihrem lateinischen Namen:
Ihr vielfältig Vokabular steht unbesieglich
In öffentlichen Toiletten, Skribenten nennen es die Quelle
Der Menschensintflut, kein Stöpsel gegen das Überlaufen
Körpereigner Säfte, ja, Condom und Gomorrah, Untergang
Durch Not und Spiele, durch Langeweile der Gattung.
Solche Erkenntnis wird mit einer Salzsäule belohnt,
Herr Ober, zahlen! Schneiden Sie sich eine Scheibe
Von meiner Frau ab, der Rest ist für Sie, ich ziehe
Den Kürzesten und mich aufs Altenteil zurück, will
Meiner Töchter Treibsatz entsagen, bin kein Gameboy,
Kein Billiardeur, es hat sich ausgekugelt
Mit dieser da unterm Fuß: Alles im Lot,
Wie nachlesbar.

Thomas Böhme

DEN TEE MIT ERDE VERMISCHT: in diesem Zimmer
wird man süchtig an allem. Und manchmal
fällt einem dann ein Wort gegen Schmerz ein.
Ein Wort nur mit Zahngeräuschen, ein Wort
zwischen braunen, knirschenden Ablagerungen,
die aus Eiszeiten übriggebliebenen
Geschiebelehmsande.

Du könntest jetzt hier sein, wenn ich zwölf wäre.
Und du, du wärst immer noch dreizehn.
Süchtige wären wir,
süchtig im Wachsen und einander Ähneln.
Solche Freundschaften halten

ein ganzes Leben und länger
müssen sie auch nicht dauern.

Du könntest jetzt hier sein, Süchtige wären wir
wie vor drei Ewigkeiten
in einem anderen Zimmer.
Zwischen braunen, knirschenden Ablagerungen
kann man es noch in den Nächten betreten
in einer nachgedunkelten, karg möblierten
Gedankenschleife.

Richard Wagner

Die Liebenden

Die Liebenden betreten das Haus.
Aber das Haus ist kein Haus.
Es ist eine Grube.

Manchmal laufen sie den weiten Strand hinauf,
bis kurz vor den Himmel.
Sie tragen Spinnen im Mund
und schweigen.

Wer ihnen begegnet,
hat nichts davon.
Ihr Herz reicht gerade aus
für ihre Hände im Kino.

Die Liebenden sind eine Mahnung.
Wer mit ihnen mitläuft,
geht in die Falle.

Wir aber hängen an den Füßen,
hängen in den Bäumen und
betrachten vom Kopf aus den Weg,
den die Liebenden gehen und
immer noch würden wir mitgehen und

das macht sie populär.

Joachim Sartorius

Die erste Nacht

Die erste Nacht fing an.
Die Tür des Zimmers öffnete sich auf ein Zimmer.
Es war die Zeit, da die Boote sich in die Häuser
zurückzogen.
Daß ein Segel in mir war, wunderte mich nicht.
Es klatschte. Es zählte meinen Puls.
Sein nasser Körper gefiel den Sinnen. Sie hielten
in diesem Zimmer mich gefangen. Ein Anfänger
lernte ich viel dazu:

Daß eine Frau sich in mir verteilen kann,
ohne sich um mich zu kümmern.
Daß ich jede Dämmerung, um schön zu werden,
in diesem Zimmer mich einzufinden habe.
Daß der Apfel der Hexe geteilt ist und hart.
Daß das Flickbuch, wenn du den Daumen richtig
anlegst, fünf Lagen hat: Der Vögel, Frauen und Läden,
der Selbstbildnisse, die sich unmerklich verändern,
der Schiffe mit bald vollem, bald schlaffem Segel

Dann schließt sich der Hafen: Die erste Nacht.
Die See steigt an die Zunge.

Peter Gosse

Capri

Die zitronenfalterdurchflatterten Zitronenhaine,
anerkannteste
Paradiesfarben und -düfte undsoweiter. Die grazilen Frauen,
grazil wegrasiert die Achselbärtchen undsoweiter.

Man darf gar nicht daran denken.

Die Südseite allein wird der Wasserberg treffen, wenn
demnächst der Stromboli wegsackt: die schöne, die
reiche, die Sonnenseite.

Wird es die Hautevolée sein, die auffliegt.

Sie darf gar nicht daran denken.

Hat das Meer eine Weile in die Azurgrotte hinein-
gegischtet,
bläst die ab mit waagrechtem Nebelstrahl, wie Vulkans
Schmiedebalg jaulend.

Rolf Haufs

Tamtam & Ahoi

Spielend lernen wir
Ins Feuer zu gucken ohne zu brennen
Zuerst das As dann die Buben
Zuerst die Lieder dann
Das Stammeln

Angestrengt dachten wir nach über das
Angerichtete. Unausgesprochene

Übereinkunft. Wer hat sie denn
Die Schönsten

Endlich den Bewegungen folgen
Reden weder einander vorbei noch zu
Deine Augen sehen zurück die meinen
Schließen sich

Wozu eigentlich das Tamtam
Der eine spielt Trompete der andere
Trommelt die Schiffe herbei
Ahoi

Hans Thill

Hans Harfe patentiert die Schwerkraft

mit dem Schwimmfinger bereits in Traufhöhe
nur noch Katzen und Adlerschwingen neben sich
die glatten Flächen einer Stadt mit fünf Buchstaben
Volkswagen durchqueren das grelle Bild

mit dem Schreibfinger den Schlachtruf der
Holy Spirit Army imitiert (Westafrika, geölte Krieger):
James B., James B., James B.

mit dem Rauchfinger über den Scheitel
und den Horizont. Hans Harfe ist heiser.
Der Bodensatz aus Grus und Gries.
Hir gestu todter Man. Wolkenkratzer,
dahinter ein Ozean

In Vorbereitung: Zerknirschung der Lust,
Felszeichen, stotternder Neumensch.

Kito Lorenc

Hör die Nachtigall trapsen

sag nicht ich weiß
sag nicht ich weiß nicht
sag wer weiß oder was weiß ich
mal sehn womöglich immer hin
wer weiß schon ob und wie
oder was ich erinnere mich nicht
vielleicht später mal oder viel
früher schon mal ganz anders
irgend wie ja genau so
ähnlich sicher wie
wenn man könnte es mal
versuchen was es
bringt ja nichts es
besagt ja nichts
weiter so und
jetzt
hörst du sie trapsen

Peter Gosse

ALS ES ANS LÖFFEL-ABGEBEN GING,
Ging der Tumult los.

Nämlich raus aus mir gedreht kam der dicke Mörike,
Hände überkreuz im Feuerwehrgriff und die rosigen
Trippelfüße
Trippelten gegen des dicken Rosenlöcher rosige
Trippelfüße.
Und drehten, in aller Behäbigkeit, versteht sich,
Ab in die grüne, versteht sich, Landschaft.

Und drüber oder drunter schob die gliederige Labé
Mit ihren Brüstchen in Donnes Johns breites
Ketzerkreuz,
Oder wars Sachse Mickel, dem sie Schub schuf.

So etwa, und das war erst der Anfang
Der Völkchen-Wanderung aus mir naus.

Zwischendrinnen die Söhne mit ihren gelungenen Zehen
Trieben, sah ich das recht?, Rilken,
Vertaucht an Brechten getäut, und rollerte das –
Wohin rollst du, buntes Geäder?

Derart. Und ging das
Aus mir und ging,
So daß Gott schließlich dorthin,
Wo zu blicken gewesen war ich,
Ungnädig fragte:

Hast du denn wenigstens
Einen Löffel bei dir?

Sabine Küchler

So viel war geschehen
daß gar nichts geschehen war egal welcher Film
ich stürzte ins Kino nur Menschen sehn
die mit mir reden und nichts von mir wissen wollen
ein paar Enddreißiger sprachen in seltsamen Andeutungen
von ihrer Art des Alleinseins ihrer Art
Sehnsucht eine Frau streichelte mit größter Zartheit
eine Geige während ein Mann mit gepreßter Stimme
erklärte er werde jetzt heiraten wollen nämlich die

die den ganzen Film über nur Rosen geschnitten hatte
und das Blaue vom Himmel heruntergelogen ich bin
so enttäuscht daß mich nichts mehr enttäuschen kann
sagte der Mann da schluchzte die Geige schon
und zu den freundlichen Götterblicken
auf eine unfreundliche Landschaft rannten Namen
über die Leinwand Licht platzte heraus ich war
ganz allein im Kino gewesen bis auf eine aufgedunsene
Alte die wohl immer hier saß unter dem Sitz
drängelten Flaschen zerknüllte Taschentücher wie alter
schmutziger Schnee aus ihrem Mantel rieselten
Erdnußschalen sie hatte zu jedem Desaster
„Na bitte!" gesagt und so das Unglück zum Bleiben bewogen
dachte ich denn ich machte mir neuerdings
immer Gedanken auf der Straße liefen die Menschen
so rasch ich hatte das träge Gefühl
trauernder Steine wir waren drei Tage
in meiner Wohnung gewesen zusammen so still
daß die Zeit uns vergessen hatte drei Tage und Nächte
hatten wir Abschied genommen wie Steine
die nebeneinanderliegen und jemand wirft einen zum Spaß
über die Hecke so viel war geschehen
daß gar nichts geschehen war und nichts mehr geschehen konnte
zumindest nichts Schlimmeres mehr dachte ich das Letzte
was ich beim Rausgehn gesehen hatte
war die Alte die wieder vor der Kasse stand
und eine Karte verlangte für den nächsten Film.

Axel Sanjosé

WER · APFELBÆVME · SCHÆLT · NICHT · OHNE ·
GRVND ·
VND · FENCHELSVPPE · KOCHT · NACH · DVNKLER ·
SITTE ·
DEM · VND · NVR · DEM · GEBVEHRT · EIN · OHR ·
ZV · HŒREN · DAS · GELÆVT · AM · VNTREN ·
MARKTE ·
WO · GELB · VND · SCHEPPERND · REGENSCHIRME ·
SICH · WEHREN · GEGEN · GVNST · VND · LAVNE ·
DES · ALTEN · FISCHVERKÆVFERS · MIT · DEM · HVT

Henning Ziebritzki

Der Knoten

Eine Stille breitet sich aus von dem Schrank, den tiefen
Polstern wie von zu Ende erzählten Geschichten.

Unsichtbar wird eine einzelne Glocke
geläutet, weil jemand gestorben sein muß.
Der riesige, komplizierte Knoten eines anderen
Lebens dröhnt gegen die Wände,
läßt sie vibrieren wie ein Erdbeben.

Die vielen Stränge werden zusammengezogen, fester
und fester, bis Flämmchen heraustropfen und rot
wie Krebse über die Fliesen laufen,
die Scheren schnappend erhoben.

Brigitte Struzyk

Der Nebel flockt Schwaden
Auf Apolda am Damm
Die Felderkehle singt
Einen Kirchturm
Aus allen Wolken
Gefallen
Und Bauernbetten
Im Sandsteinfenster

Am hellen Strande
Parken in Hochform
Die besungenen Burgen
Die Doppelkopfweiden
Dösen im Fluß
Bei Bad Kösen
Auf Knöchelhöhe
Glänzen Reben am Hang.

Franzobel

Die Sonne

Da schleißt es und schlingt und größer
denn alle hundert Zungen im Maul und
als hätte es Wälder und schlürfte
wie tausend Mäuler gewandert durch
viel Laub und schricket und forschet
und schlürft sicheren Trunk aus
dem Blinden, dem Kerker des Leibes:
„Gebrauch oder Leistung?“ in ein flaches,
sehr flaches Gesicht mit Namen
Gegenwart, daß sie erfindet
die Allernährerin Erde.

Dagmar Leupold

Friedrichs Feigen in Sanssouci

wachsen im Freien
hinter Fenstern die zu
dem Land sich öffnen

auf das man anderseitig
schaut: blühende Ruinen
reiften unter seinem Blick

sei unbesorgt: vom Naschen
vergeht kein Appetit – wer
hat die Feigen wohl alle gegessen?

Die Windspiele, nein, die mögen
die Trauben und daraus den Wein
und dann begraben sein
die Läufe noch beschwipst

Wir gingen die Terrassen
hinauf und hinab unter
preußischem Himmelgrau
alles in allem: ein Jahr

in dem viel wuchs
nicht immer so geschützt
wie in Friedrichs Garten
die Feigen

Elisabeth Borchers

Mondscheinsonate
dir zugespielt

Viel über Mondschein gelesen
viel gehört und gesehn, fern
sehr fern geschaut.

Übermäßig rund, dieser Mond
plötzlich schmerzlos halbiert
bald restlos verzehrt
und schon wieder hell
Beistand zu Operation und Heilung
hell bis ins tiefste Versteck
(das Herz zum Beispiel, Scheherazades
begabte Nächte oder die Höhlen von Lascaux)
hell wie ein fröhliches Leben mit dir

Jayne-Ann Igel

Die Lebenden und die Toten – Neue Folge

dies ist die umkehrung – wenn die toten zu sprechen beginnen, *leichenbitter:*
unsere tage sind nichts gegen ihren schlaf, unser greisenhaftes sich fortbewegen ist nichts gegen ihren leumund, den sie öffnen, ihre ohnmacht gleicht der vollendung, der wir nie teilhaftig werden: sie wechseln nur das grab

IV
Im richtigen Augenblick

Farhad Showghi

WAS AUCH GESCHIEHT: wir haben einige Birken am geöffneten Fenster, zu denen gleich alles paßt. Jede Handbewegung, ein Anfang vielleicht, ein Stück Papier. Auch der Wohnblock bei Nässe und Sonne oder als großer enthäuteter Lachs. Frauen und Kinder beginnen zu rufen, binden ihre Stimmen an die Birken, versuchen etwas, gehen fort. Wir spüren ein Winken auf den Wangen. Unsere Finger erscheinen und spielen und werden mehr und mehr. Wir machen nichts falsch. Wenn wir auch zu den Birken passen, spielend die Launen wechseln, irgendwo sitzend mit Sommerschuhen und dem Rücken zum Lachs. Lachs, sagen wir, Lachs, und die Frage: Wer sorgt für Wasser, wer für Wirbel und sturmfeste Schuppen? Jede Zimmerluft ist Lachsluft jetzt, die Außenluft der Birken. Und die Stimmen der Frauen und Kinder laufen ohne Frauen und Kinder um die Birken herum.

Farhad Showghi

Diesige, tätige Gegend

Diesige, tätige Gegend. Rote Häuser folgen roten Ziegen. Wir schmieden Pläne. Sagen Ziege-und-Wunderkerze, Ziege-statt-Kind. Das soll nicht überraschen, wir schütteln Glocken, die Sonne steht. Wir ziehen uns Hosen, legen Hände, teilweise zerreißt ein Herz. Wir können Begriffe rings um die Ziege setzen, Gebirgsseesterne in bewegten Essenzen, einen Lidschlag im März, wahlweise Windberührung. Dann finden Begegnungen statt. Hafenluft. Durchgespielte Tagesgeschäfte, Horizonte ohne zwingenden Grund. Wir bewegen uns, die Füße am Kiessaum der Straße. Was über uns war, zog den Himmel durch.

Alma Vallazza

Ode an die Aspangbahn

„Und Sologne. Es ist ein großes Jagdgebiet. Tiere wühlen mit der Schnauze unterm dunklen Gras. An nichts andres denk ich.“
Katarina Frostenson

Draußen auch ranken und wuchern
Sträucher Brombeer Efeu und erst
rot noch die Beeren in der staubigen
der Nachmittagssonne und auch
Gräser und Kamillen und Rüben
in der offenen gleisenden der
verbotenen Zone. Vor der aus-
gebogenen Öffnung im Wellblech
der Halle eine Matte darauf ein
Wintermantel eine Jacke und
falbgrün ein Strumpf schon kühler

das Licht in der Halle doch geh
nicht hinein denn kopfunter
stehen dort *Gaggia*-Maschinen oder
auch nur ein Turnschuh und draußen
die Leihwagen wie sie parken
und ein Hund an der Leine
der sie bewacht denn in der
Nacht gingen hier auf die
schweren Eisentüren und die
Verladearbeit würde begonnen.
„Platz der Opfer der Deportation".
Viel früher soll auch eine Großtante
hier gefahren sein hier wo die
Bahn alles bewegte und die
staubigen Muscheln in der Lade
des Großvaters rührte und unterhalb
des schwarzen kaum betretenen
Kleiststegs führte. Verheißungsvoll
habe er ausgesehen von der „un-
verheirateten" Küche der Großmutter
aus doch nur wenig später stieg diese
Großmutter ebendort ein und wurde
in einen Güterwaggon verladen.
Doch wessen Niemandsland wenn
jetzt eine Bahn vorbeifährt anhält
und ich denke es wären Reisende
die drin sitzen und eine leere
Zigarettenschachtel aus dem Fenster
hier geworfen haben werden denn
gleich sind sie angekommen. Ein
Stück weiter auch ein blauer
Bagger dort wo im Winter
der Kohlenhändler sein Revier
auch schon hat nein es ist noch
der Alteisenmann die sich also
das Revier hier teilen denn sie

besitzen riesige Schrott-Ländereien
aber zur Straße nur ein zugenageltes
Fenster und dahinter manchmal
schwächer auch ein Licht. Und dort
sind sie die kleinen Nager die Hoppler
die mit ihren weichen Pfoten hier
und zwischen den Geleisen hocken
und sich benehmen wie Zugvögel
im paradiesischen Bahnhofs-
gärtlein. Mein Bahnhof! täglich
sehe ich dich von hinten höre
ich dich am Morgen wie du
dich in die Ebene dehnst.
Geradewegs aus der Stadt ziehen
die Bahnen durch dich und es
schnarrt am Abend eine Grille
aber wo in deinem Gehäuse? Du
bist am Morgen mein Osten mein
hellerer Himmel mein Morgenland
bist mein Süden am Abend denn
ich kann deine staubigen heißen
Pflanzen riechen. Zur Straße
hin sah ich eines Tages einen
Marillenbaum sah ich zuerst ihr
zermatschtes Fleisch auf dem Asphalt
darüber dann die Früchte, hoch über
der rostigen Halde sah die
Marillen am Abend leuchten im
Widerschein der barbusigen
Neonnymphe der kessen
über dem Eingang zur BAR.
So still war es hier jahrelang
und es sproß noch der Efeu
kletterte über die Weltesche
die weit über das Schattenrevier
sich türmte und es trieben

nur des Nachts die hochbeinigen
flinken Marder samt ihres gellenden
Kindergeschreis ihr Unwesen da
und dort doch nur unter den
neueren Autos. Aber eines Nachts
kamen die ersten Bagger und
schaufelten Erde zu Wällen
und rissen Bäume und durchbohrten
mit langen eisernen Stangen
das Pflaster und zerschlugen das
blecherne Dach und legten die Halle
bloß sodaß man sah daß sie leer
war und ungenützt und es lagen
brach die Steine und Staub überzog
die Fenster und es tosten und
blinkten selbst in der Nacht
noch die Maschinen die erst
im Morgengrauen verstummten
und als Nachtschicht um Nachtschicht
alles Strauchwerk verschwunden
war blies ungehindert der Wind
über die gelbliche Sandebene
und jagte die leeren Zementsäcke
darüber. Stehen blieb kurz
noch ein Kirschbaum ja dieser
mein runder Kirschbaum
inmitten allen Getöns und
Gelärme dieser eine Einsame
Zuflucht meines morgendlichen
Fensterblicks bis er eines Tages
Anfang August unter ihren Äxten
fiel.

Jan Volker Röhnert

Das Fahrrad von Blaise Cendrars

lag dort am Bahndamm
auf dem überwachsenen Gleis
aluminiumhell im Löwenzahn
das heißt nur

noch das blanke Hinterrad ohne
Mantel ohne Schlauch verbogen wie
es sich für ein objet trouvé gehört
das nicht in den Museen steht

die andren Teile auf Bedarfsbahnhöfen
der Dritten Welt verstreut
sein Besitzer unauffindbar
eilt er den Ausgestiegenen voraus

im Tropenhelm aus Schwanzfedern
des Kolibri im Jackett Paris – Dakar
die Speichen glänzend erklärn die Welt
zum Rad das dreht & dreht

sich: *mon-dial mon-dial* zerfetzte
Augenblicke wenn die Sonne zwischen-
BLITZT/ruf an der Text diktiert
halb Manifest halb Script halb Telegramm

kamtschatkafern // Gin Apéri
tief Apollinaire dermaßen liquid die Felge
einpoliert der Zahnkranz Gänge alle
Übersetzungen möglich, dran installiert:

VITESSE heißt SchnellICHkeit, französisch

Hauke Hückstädt

Lacrimosa

Als das Riesenrad zu stehen begonnen hatte:

Wir sind oben,
in einer der schwarzen Gondeln,

wo die Lungen seit 1791 zur Stimme ansetzen,
und schwanken vor einer Steilwand,

die man bis zu den Kraftwerken überblicken kann.
Wir sind ganz aus dem Häuschen, jetzt

wird das Blut durch die Schläuche im Ohr gesendet.
Jetzt beginnt die Beklemmung.

So verrückt wie das klingt, alle im Chor
warten auf das Taschenlampenlicht, unten.

Xaver Süßmayr in den Schnallenschuhen,
bis er endlich den 9. Takt freigibt,

in den Lichtkegel faßt
und den Hauptschalter umlegt.

Hauke Hückstädt

Seepferdchen, Hotel Seestern

Es war unser Neuzeitsommer unter 4-Sterne-Zeichen.
Eine neue Mama, eine Stiefschwester, du – wie
ausgewechselt,
und ich (neuerdings Kiemenanwärter):

Das standesamtliche Flitterteam
einer krisenbedingten Umbesetzung
in einem Funktionärshotel untergekommen.

Ich mußte es lernen und schluckte das
mit jedem Zug, der mich nicht ans Ufer brachte,
auf Augenhöhe mit dem salzigen Nichtschwimmerhimmel.

Draußen kreuzte die graue Armada, zu weit,
um nicht abzusaufen, zu nah, um sich frei zu schwimmen
– wie das Kraut, das zwischen ihren Beinen schwappte.

Deine neue Frau, berechnend und unberechenbar,
der reizende Kitzler unserer Grenzen,
die mir Froschbewegungen beibrachte.

Oben: du, ein Freikörperlotse,
der mit dem Handtuch winkte; meine Schwester,
zwei Wochen schwabbelnd auf ihrer Luftmatratze.

Nach den Ferien ein Schwimmmeister,
der die Klasse in Schwimmer und Nichtschwimmer
trennte.
Ich paddelte mich an den Kachelrand, ein Taucher, der
aufatmen konnte.

Gudrun Garfs

Nachthimmel

Blinkende Segel
auf dunklem Meer
die im Krähen der Hähne
untergehn

Jürgen Brôcan

Im richtigen Augen-
blick lernte ich: die
Differenz zwischen
Augen und Gefühl
beträgt Null. Nichts
ist genau wiederholt:
registriere diese Ab-
weichungen. Form
ist mehr: ist Schale
und Muschel; und
der Begriff Schönheit
löst den Begriff auf.

Gabriele H. Killert

Die jagende Löwin
die in der Astgabel schlafende Löwin
die im Traum mit den Zähnen knirschende
jagende Löwin
die sterbende Löwin
an die Löwin und alles was Löwin ist

reichen wir nicht
was das Majestätische betrifft
liegen wir im nicht meßbaren Bereich

es sei denn
die Dichter
die bindfadendünnen
papierdünnen bleichen
allerfeinsten handgeschöpften

Robert Walser vielleicht
wenn er Bettelbriefe zur Post gibt
liebe Frau Mermet
darf ich Sie bitten mir zu gestatten
Sie zu fragen ob Sie so gut sein wollen
Ihrer nächsten Sendung vielleicht
ein wenig Thee und Zückerchen
beizufügen

Katharina Höcker

Dies ist mein Zimmer.
Dies ist meine Jacke.
Dies sind meine Schuh.

Der Ort erscheint im Körper, und zwar
Jahre danach. Aber der Ort ist längst da.
Du hättest im reglos erstarrten Fahrtwind
dieses Kaff voller Köter mit keinem Fußtritt
berührt. Sie schon. Sie stieg aus. Sie fuhr
weiter, als ich es je tat. Sie bewohnt die
nutzlosen Teile der Erde, am Körper der
Zeit als Parasit. Sie ist dieses Würmchen.
Sie schluckt dieses Blut aus dem
Wanderschuh.

Sebastian Unger

Haltungen (IV)

Die kurzen Unterbrechungen in den Leit-
planken der Gebirgsstraßen
mit Blechborsten an den Rändern
besonders in Kurven
Immer ein gutes Gegenkino parat
in Unterhaltung auf den hinteren Sitzen der Nachtbusse
mit der Wange gegen die kühle Scheibe gelehnt
den Blick abwärts gerichtet
dieser Raum
hinter den Satzenden
der nur vermeintlich leer bleibt
während ein Sonnenblumenkern zwischen den Zähnen
des Nachbarn zerbricht – schon wieder wäre die Welt
zwei Meter weiter links zu Ende;
ist die Stimme die im Kopf zu hören ist
die kleinere Größe der Gleichung
die auf stoffbezogenen Sitzen sich ergibt
von den Kräften des Genicks
und der Gedanken

Steffen Brenner

fermats letzter tango

modulwelten behangelnd. geometrische
spitzen die kreise sind. wohlwollend
erinnernd an die tapeten der siebziger.
potenziertes futter geht unter im n-ten

teich. lange spaziergänge und vielleicht
eine lösung. der wahrhaft wunderbare
beweis. einiges an verkehr auf den
einbahnstraßen des shimura. bereits in

den dreißigern kam krieger. machte sich
lächerlich über der knobelei. zu schmal
es zu fassen der rand. heute ist wohl
klar: jede elliptische kurve ist modular.

Roland Schappert

SEINE OHRCLIPS WAREN LANG
Ihre Ohrclips waren wadenlang
Auch das gehört der Vergangenheit an
Ab und zu denk ich dran
Die Merinowolle
Die Lodenstulpen
All das Geflatter
Die Mieder hatte sie selbst bezahlt
Alle übrigens

Dieter Krause

WO SIND SIE HIN wenn sich die helle auszustrecken beginnt
werden die hirsche zu äsenden bäumen in erstarrter
atmung
wo sind die igel kleine erdhaufen tonloses gemurmel
welche opfer der wiesel liegen unter welchen sträuchern
beweint
während die rehe im waldpark sich zu schiefen zäunen
wandeln

wenn am ende der sackgassen im warten ihre schatten
wieder größer werden in der entlaubten dämmerung
wenn sich das dickicht ausnistet quillt über häuser &
höfe

Jan Wagner
kleinstadtelegie

die schattenkarawane, jeden morgen
ihr aufbruch, und die waschanlage,
die stets aus einem reinen schlaf erwachte.

und in den lieferwagen pendelten
die schweinehälften zwischen ja und nein,
den linden wuchsen herzen. und es paßte

nicht mehr als ein blatt papier zwischen mich und die
welt.
und in den gärten, hinter allen hecken
verkündeten die rasenmäher den mai.

Jan Wagner
eisfischen im felsengebirge

wir kamen mit der dämmerung an.
der motor rollte sich ein, wir zogen
allein durch die stille, unsere spuren
die nabelschnur im schnee.

den haken lösend bemerkten wir
den laich um unsere stiefel herum
verstreut – die winzigen
perlen eines geplatzten kolliers.

die sonne sinkt früh im gebirge.
haarfeine blitze jagten den ufern zu.
im dichten schneegestöber wirkte es fast
als treibe unser wagen langsam davon.

Silke Scheuermann

Die Alpen werden geschlossen

Es schneit Jahre lang Jahrzehnte lang
Ich senke meinen Kopf tief unter
den Spiegel des Mittelmeers
während die Bäume rutschend
den Breitengrad wechseln

Der Wind der sich in einen
vollkommenen Zirkel verirrt hat
flüstert daß er gerne hilft
aber nicht glaubt es würde besser

Die Alpen werden geschlossen

Wir kehren als letzte
sehr zögernd nach Hause
zurück

Christoph Grobe

Der Schnee

Der Schnee fiel langsam
er sagte: der Schnee fiel
langsam
bewegten sich die Wartenden
er sagte: sie liefen über den gefrorenen Boden und sprachen
leise
bedeckte der Schnee deren Schuhe
er sagte: der Schnee bedeckte deren Schuhe
die Gesichter
voneinander gewendet
und der Schnee fiel
nicht, es war das Weiß
von Zweigen
er sagte: sie bewegten sich auseinander
langsam
fiel der Schnee
zwischen den Schuhen, den Füßen
wurde es weiß
wie der Winter
wie der Schnee vor einem ausgestreckten Arm
wie Augen
er sagte: die Augen waren weit
und die Augen der Wartenden
bewegten sich nicht

V
bis dä beckett widdä weidäfährd

Róža Domašcyna

Poemus Orfeusz

ein bohemien
singt das stumme eu
Eugeniusz? Eurypidesowski? Europejczyk?
nie! spěwa swojej Eurydice la bella rajo mój
eu!
Eurydika
hdźe raj
njepřindźe wot reich
a reich njepřińdźe wot reiche
a reiche nic wot reicher
noch reicher?
skónč!
ein reich ist kein paradies
jeder flecken Thrakiens ein hades
und Eurydike eutrophiert im wodka
als Ewa am straßenrand die Jěwa
sieh dich doch um
swoju głowu wobroća za tobu
antirrhinum orontium čertowe hoblico
das teufelsangesicht es trägt
den gottesapfel rosa canina
und du ergreifst ihn

wieder adieu –
Eurydika!
makukawa der trompetenvogel
weiß die verkündung:
raj njepřindźe wot reich
a reich njepřińdźe wot reiche
a reiche nic wot reicher
noch reicher
stop!
die mänaden mäandern dich
machen aus dir gliederkraut
sesuvium portulacastrum
deiner worte teufelszwirn
lycium barbarum bleibt
florisch jako cerwjeny muž
anagallis arvensis wzaš
swoju lyru swój słowny
paradies wzaš
cerwjony dźěćelin
trifolium pratense a dźeš
bjezmjasny orfik im orpheum – eu
zańdźeš
globösit in medias res

Kurt Drawert

Geld & Gedichte

1.) Darf sich das Geld dem Gedicht
zum Geschenk anbieten, andererseits,
darf das Gedicht Geld als Geschenk
überhaupt nehmen? 2.) Geld stinkt nicht,
richtig, aber, nicht mit allem, was nicht
stinkt, geht Fräulein Müller ins Bett.

3.) und andererseits wütet unter der Haut
der Gedichte ein barbarischer Früh-
kapitalismus. Die schwächeren Worte,
etwas verwachsen im Rhythmus,
verschwinden von der Schreiboberfläche
wie die Arbeiterschaft in ihre eigene
Masse verschwindet, wenn sich das Tor
zur Fabrik und die klirrende Nacht
über Manchester schließen. 4.)
und eigentliches Problem: der Mehrwert,
hier wie da, unermeßlich. Die Reichen
werden immer reicher, und die,
die sich die Sprache auf die Geschlechts-
teile legen und für eine einzige Perle
ganze Berge von Muscheln zerschlagen,
transzendieren mit nur wenigen Sätzen
zur unendlichen Geschichte des Glücks.
Andere schwitzen, sitzen unter Tage
und schreiben und schreiben für fast
nichts. Das Gedicht aber, indem es s. o.
gnadenlos kurz ist und rausschmeißt,
was über die Ränder der Brauch-
barkeit fällt, nein, mit Gerechtigkeit
und Sozialbaracke hat das gar nichts
am Stecken, wiederum andererseits
ist es die Verwandlung des Häßlichen
in einen besonderen Fall. Ich würde raten
darum 5.) darf das Gedicht auch
die Schamlosigkeit seiner Umwelt
kopieren und Geld, wenn es schon da ist,
um verbrannt zu werden, nehmen, wiederum
andererseits 6.) aber nur als Geschenk.

Ferdinand Schmatz

manu scriptum oder der hufeisengewinn

(*nach Ossip Mandelstam*)

es schreibt der ruck
so kräftig, drückt,
daß glückt dem arm,
was streich der hand

– das bleibt,
nicht für sich selbst, es schreibt
der griffels zeichen ein,
auf wand, die zeigt,
wo so gehautes treibt

wie:
„hirnenmund“
– der sperrt sich auf –
verbeißt sich nichts,
gibt kunde, auch wenns pecht
schürft er die ecke rund
– schwatzt ab, was juckt ihn, laut
das murmeln schluckt den ton,
hebt ab so alles
stimmige im fluss

(wird span des griffels, feder – nun im sprung)

– begriffen stirn wie stein,
herz wie holz,
im hinten denkt sich
noch ein druck was aus:
die form –
eisen, schirmt nicht ab,
es bildet lieber aus den tritt

als ein, was sich so normt
verliert es gern –
was aus spricht nur,
sich mustert im spalier

dort, wo es fließt:
ein bild aus silben, lauten
nächtens

(traum, gefärbt)

gibt wild sich hin
bis in den tag, der wird gesetzt
in schrift

(nicht hin gefetzt, die sprach' ein schild)
höchstens
stoßt sie hand
wetzt den finger übers jetzt

– das donnert in der stille auf,
und steht dann drauf, verbrieft
daß nimmer eingebrannt das glück,
nie stück wird, sondern lauf

(der zeichen kreis fliegt taubend auf)

und kreidet an, was bleich
an worten bloß
von der blüten stil sich löst

Marcel Beyer

Der letzte Schlurf

Und manchmal, nachts, schuffele ich leise
durch dein Zimmer, doch meinen Namen
rufen sollst du nicht, auch von den alten

Platten nichts erzählen, Zimt: Du siehst
mich ja, wie ich im Bad verschwinde,
kein Mann, kein Möbelstück, kein Kind, und

wie ich mir die Pokemonkrawatte binde, bis
meine müden Finger eingeschlafen sind.

Alfred Brendel

ZWISCHEN DEN KLAVIERTASTEN lauern sie
dünn und durchsichtig wie die Gläser Stoskopffs
bereit
den nächsten Pianistenfinger
rasiermesserscharf zu ritzen

Flatternd wie ein blind gewordner Vogel
verfehlt er den ihm zugedachten Ton
worauf das musikalische Luftgebäude
mit seinen Rouladen und Rocaillen
wie ein Kartenhaus zusammenstürzt

Seht den großen
altersblöden Haydn
im Jenseits
seine leeren Augenhöhlen
zum Himmel aufschlagen

Christoph Meckel

Zur Geschichte der Kunst

schri, kunst, schri und klag dich ser
dein begert itzt niemer mer
Lucas Moser, 1431

Die Kunstgeschichte der Zukunft wird
ein Geschäftsbericht sein.
Klassiker vieler Zeiten, gesicherte Werte
Goya, Daumier, George Grosz
HOMMES SINGULIERS (Baudelaire)
werden gehandelt zu steigendem Preis.
KLEINE MEISTER bleiben im Depot,
Daten und Titel im Katalog.

Das Grundverzeichnis ist außer Kraft,
doch geht kein Werk & Stil ad acta
solang es zu Geld gemacht werden kann.
In übergreifenden Verfahren
außer Konkurrenz von Vision und Wahrheit
wird ein neuer Name von Rekorden erhellt,
durch Umsatz unschlagbar.

Drucke und Fotos sind Kiloware im Vorraum,
Portobello, Boulevard.
Die Zinkplatte hat noch Metallwert, Handgeld
für Antiquare, Privatköpfe, Klempner.
Bronce wird eingeschmolzen zu fallendem Preis,
der behauene Stein verschwindet im Tiefbau.

Das in Zukunft Geschaffne verfällt
im Vakuum – ein geisterhafter Raum
voll von Bildern ohne Handelswert
ohne Aussicht auf Präsenz, Kritik, Kontroverse
Namen ohne Anschein, Glorie, Schall

beglaubigte durch sich selbst, private Tresore
gefüllt mit Bildern, die keiner sah
Stiftung nicht erwünscht, vielleicht verwendbar
als Geschenk oder Tauschwert – unbekannt
wie die Säule im Meer seit 900 Jahren.

Kein Grund zur Klage. In diesem Raum
entsteht, ohne Sponsor
das unerhörte Motiv
aus Folie, Dreck, Papier – kann sein
ein zerfetztes Gesicht
mit dem Titel DIE SEELE DES MESSERS.

Ulf Stolterfoht

DICHTUNG IM BANNE DES SCHWAMMS. kunst geht nach
mohn oder weichbild davon: schwerlich zu neh-
mender reizker. stelzen durch spelz. wuchernden
lolch. und – wems gefällt: aus bilsen ein bett /

von schnecken beleckt. noch die bizarrsten formen des
nießbrauchs weist dieser bauch auf. sie zeichnen ihn aus.
wies kreucht und fleucht. wies grauslich schmaust. wer
jetzt nicht scheucht strebt schnurstracks gegen keucht.

flegeljahre in phlox oder buchs. der innere fuchs. das
beil zwischen uns sind die jahre in schruns. tschagguns.
traulich gesums und ehegespons. dann lange stumm. man
wird sich noch fragen warum. manches schwillt in wellen

an. kamm. die sogenannten stellen. herrlich zu rötende
nöter. mehrheitlich wörter. nicht zuletzt deshalb knall-
hart: bienenbart. dachsextrakt. luchsblut plus. schluß.
letztlich eiskalt: lassen sie bitte die tiere im wald!

verbleiben im dunstkreis des hähers. was läge näher. als wär doch gelacht/kurz dran gedacht: „man habe das erlebnis einen stock zu tragen DURCHGEMACHT". ahnung von selbstüberhub. warnung vor männlein mit eitrigem hut.

Ulf Stolterfoht

WÖRTER UND SACHEN. ob es unterschiede gibt. wo der has im pfeffer liegt. wie man sich dazwischenschiebt. am eignen leib-bericht. führt davon völlig unberührt vögel und kleinsäuger als handlungsträger ein. man

denkt entsetzt an fennek/an rohrkrepierer „dommel". und was er mit den nerzen treibt. anschließend auch noch drüber schreibt. hauptsache sterz! als lyrische deklaration der halt- / der hilflosigkeit. heute

klotzt man anders ran. man will den forschen jungen mann. der einiges verändern kann. den nutzwaldmann. der alles aus seinem stift gebiert. geschiedenes zusammenführt. vornehmlich mit den igeln heult. die machen

unverzüglich dicht. minuskelmann droht darauf an: er lösche aus. gestiegener verbrauch. was folgt ist großes zittern. vormals stabile wortfamilien bibbern. bangen und hoffen. dann scheint die wahl getroffen. gestottertes

„otter und konsorten". die forderung nach rottenhaft – man hat sie immer noch im ohr. kein wunder: liegt sie doch klanglich auf der hand. der otter schmilzt zurück ins wort. wörter spricht man. sachen macht man. otter lachen einen aus.

SAID

der fisch konnte bereits
meinen namen rufen
dann öffnete ich seinen bauch
kein licht kein geheimnis
kein stein kein wort
das offene maul
die unnütze gräte

Peter Rosei

Nachts

Der Kurve Bahn
kann ich nicht sehn;
nur Wirrnis sonder Zeichen
regt sich da:

Ein großes Flimmern legt sich
um ein kleines: Träum' nie,
mein Freund! Träum' immerdar!

Michael Krüger

Unverhofftes Wiedersehen

Wir kannten uns aus einer Zeit,
als uns die Helligkeit noch gehörte.
Damals schrieben wir dunkle Gedichte
über die Invasion des Lichts,

die wir auswendig lernten.
Und jeden Abend machten wir
einen Ausflug auf das verlassene Gelände
der Philosophie, vor unserer Haustür.
Wir trafen uns wieder im Postamt.
Er wollte einen Brief loswerden,
den er damals geschrieben hatte,
ich suchte nach seiner Telefonnummer.
Die Schlange nahm uns auf
und trennte uns durch eine Frau mit Kind,
die sich aufgeben wollten.
Ein ungewöhnlich heißer Sommer
zog uns die Erinnerungen vom Leib.
Der Rest paßte auf eine Ansichtskarte.

Adolf Endler

Zwei Epigraphe/Nach Pound

„Fu I, der die hohe Wolke geliebt und den Berghang;
bedauerlicherweise gestorben am Alkohol."
Die zweite Inschrift ist im ewigen Windhauch zerbröckelt;
sie gilt „unserm wortgewandten ....“ – Mh, mh?

Ursula Krechel

Artmann, Artista (1921–2000)

Ja, blutig ist der Ernst, gespitzt der Stift
Man dichtet alle Tage seines Lebens, bis
Daß der Tod, mein lieber Mann, dich
Den Stift (und alles andre) fallen läßt.
Gefällt der Baum, gefällt der Mann
Was heute reich, ist morgen bleich, (geschenkt)
Des Lebens Saum vernäht mit spitzer Nadel
Verknotet. Verweht der Blätter großer Haufen
Was nie verzagt, erkundet auf der Flur
Erjagt Stock, Stab und Hollerbrand. Er jagt!
Erliegt nicht. Sieh, die Draperie des Schönen, Wahren
Unverständigen, dahin die Kälte vieler Tage.

Ein geborener Dichter, wie man so sagt.
Geboren wird man irgendwo, geborgen nie
Im Blätterwerk der Bücher, Manuskripte
Zwischen Leintüchern die Kühle auf der Haut
Tut gut nach dem erschriebenen Fieber.
Geboren, mein lieber Mann, wird man am Wald
Ein Bündel Heu die Wiege. Ohne Hufe. Geboren,
Mein lieber Mann, wird man als Tier
Mit nassem Fell bei Hörnerklang
Zwischen Moos und Matsch in der Früh um sechs
Und später wieder von einer Frau
Die Hörner setzt man sich selber auf.

Voilà un homme. Verzierungsreich und ohne
Zacken in der Krone, zwischen den Zeilen.
Ein geborener Dichter, wie man so sagt.
Man sagt so viel, das dann verweht, vergeht.
Besser so. L'homme qui ne rit jamais.
(Um eine weitre Diskussion zu meiden:

Als Mensch erzieht man sich selbst. Punkt.)
Schutz, Schild und Scham, die Worte, Worte,
Wenn's denn gelingt am Abend, in der Nacht
Und nie ohne ein Gedicht im Nacken –
Schutz, Schild und Scham, alles prächtig
Wie's aus dem Munde kam, Zähne stark, wortmächtig.

Ein Herr von hoher Gestalt, zerbrechlich
aller Sinne mächtig, aufrecht der Gang, das Wort
Ein Eingeborener der großen Städte
Wien, Berlin, Djakarta, ein Prinz von Dänemark
Durchlaucht auch ohne Land, beliebt in Karlsbad
Malaien und Molukken fallen nieder vor Respekt
Es zuckt die Feder, ruckt der Versfuß
Ruckedikuh, Blut ist im ausgetretenen Schuh
(Wer sagt, daß Dichten kein blutig Handwerk ist
Für Hand und Fuß und Hirn nur ein Genuß
Wer sagt, mein lieber Mann, was Dichter leiden?)
No one. Da schweigt des Dichters Höflichkeit.

Aufrecht der Gang, das Wort schneidend
Und gleichzeitig spielerisch, ja zierlich gesetzt.
Es dient ein Stöckchen mit einem silbernen Knauf
Dem Gang des Herrn, dem Gang der Welt
Das Stöckchen schlägt den Takt sehr taktvoll
Keine Orthopädie muß helfen im Moosigen
Aufrecht lehnt man sich an ein Regal, bestückt
Mit Büchern, man bleibt stehn, geht wieder aus
Träumt sich von Wien (vulgo: Wean) nach Tanger
Nach Karlsbad nun nicht mehr, man schreibt
Man lebt so eben, vertieft in die Sage des Waldes
Ein virulenter Mann, der alles kann, (jetzt) konnte.

Gefällt der Baum, die Blätter fallen
Segeln leis zur Erde, zu Erde wirst du
Du weißt es schon, mein lieber Mann, (wie alle)

Zu Staub, zu Erde, gefällt ist dann der Baum
Zerbrechlich ist der Mensch wie böhmisches Glas
Knochen brechen auch, sie knacken nur sehr leis
Hilfreich und prächtig ist das Dichtungswerk
Und blutig sind die Steaks, die Kipferln, die
Es nähren. Und wenn denn nicht, was hilft
Was rettet?, nichts, no one und nevermore
Es spricht niemand, die Gedichte schweigen
Nein, wiederum, man muß sich tief verneigen.

Kurt Drawert

Subjekt 1 & 2

Man muß nicht verrückt sein,
nur weil man gern
mit sich selbst spricht.
William Carlos Williams
zum Beispiel, am Fenster stehend,
klagte: alles Scheißtypen da draußen,
und keiner konnte ihn hören.
Scheißtypen, Scheißtypen –
es ist so entlastend, so herrlich.
Außerdem kommt ohnehin
für jeden die Stunde, in der er
mit dem Nachrichtensprecher
allein ist. Auch er einsam,
mit seinen leuchtenden Schwalbenaugen,
wenn sie bodenlos tief
in die Kamera fallen wie stumpfe,
ganz gewöhnliche Steine.

Elisabeth Borchers

Sils Maria

Dem Vogel der heute sang
Dem Schnee der heute fiel
Dem Gedicht das ich hörte
Dem Mond der die Sonne überstrahlt
gilt dieses Gedicht.

Christoph Wilhelm Aigner

Die Katze der Verdrängung

Sie legt sich quer
auf Unterarm und Hände
Was sie nicht streichelt
soll sich nicht bewegen

Friederike Mayröcker

„jeder Zimmergast kam mir ungelegen". Scardanelli

so Nebel kommet raschest an so Möbel (möblierter Leib)
so Pauperismus. Pappelrose malvenfarben
Vorgarten Vision, *bist Pappellosigkeit?*
so hinnehmen alles, alles EGAL alles in mir.
Das sind die Weiszsonnentage Whitsuntide
so triangelkalt dies Jahr so Strömung Flusz des Juni
und du Maszliebchen brachest mir ich lese
tief in die Nacht. ich kann nichts mehr zusammenbringen
bin sacht Tippmädel: sacht verloren zusammen-

gelumpt bin ich allwärts in Geisterbahnen: das
hört' in meinem Kopfe ich auf dem Papier
der Abdruck eines Schuhs die wellenhafte Sohle
wer hat mein' Schrift zertreten wollen:
solch Würgewerk's Jawohl!
zerbisz den nackten Mond dies Körper Kipfel
natürlich ist die Flanke jetzt mein Flügel
geh' heut' nicht essen ja jawohl
der After brüllt und bellt zurück wo Mozart schlief

(„ich kann vielleicht sagen,
dasz ich 1 glücklicher Mensch
bin, dasz ich aber weisz von
der Tatsache, dasz die Men-
schen auf's Leiden grosze
Stücke halten . .")

Sabine Hassinger

Oskar Pastior

Armaturkandare

Eh der Kran dreimal bricht
ruht Lucas der ältere U-Profiler auf der Flucht
1 Cran ist ein britisches Fischmaß
für frische Fische wenn es 204,5 Liter faßt
für gesalzene Fische aber 170,4 –
ich Cranium starre mir am langen Ende
den Jurek / Yorrick aus dem Inkarnat:
kommt wenn die Meerrettiche ziehen noch
die Krankenkassa für Narkose auf?
Ein Arkanum kreiselt sich Terzinen
über Lastenausgleich Komma Widerstrebsamkeit
und am Karandasch der paralleloiden Thromben
üben Wasserhähne den abstrakten Kasus Kauka
der an dem Drosselbart von dünnen Ziegen
wie an Coronargefäßausläufern rostet

Fitzgerald Kusz

Gegengedicht zu Brechts „Radwechsel“

dä brecht hockd im schdraßngroom
und schaud zou wäi dä beckett
es rood wechseld
iich bin ned gern woui hiikumm
denkdäsi
iich bin ned gern woui hiifoä...
eä koos kaum däwaddn
bis dä beckett widdä weidäfährd
obbä wouhii?

Michael Lentz

Fast unverändert

Die Energiequelle des Hammerwerkes ist die Wasserkraft.
Ein oberschlächtiges Wasserrad überträgt
die Kraft auf riesige Hammerwelle.
Auf dieser sitzt ein Nockenring
der das Schwanzende des Hammerstieles nach unten drückt.

Dadurch wird der am anderen Ende
des Stieles aufgekeilte Hammerbär ausgehoben.
Der Hammerschwanz stößt an eine Stahlplatte
die ihn augenblicklich zurückfedern läßt
so daß der Kopf des Hammers auf den Amboß schlägt.
Dieser Vorgang wiederholt sich.

Hendrik Rost

Imago

Dies hat mit der Schönheit zu tun,
für ein paar Tage allein im Haus zu bleiben:
Der Sommer nähert sich seinen Stichtagen,
und ich betrachte einen gewöhnlichen Vogel,
der sich wie ein Kolibri bei den Lilien hält.
Es ist später Nachmittag, feuchte Luft liegt
über dieser zerbrechlichen Nachbarschaft,
und ich bin selbst für die Schatten zuständig,
die ich werfe. Im Licht glitzert der einzelne
Flügel einer Libelle –
ihr vorheriger Körper klammert sich noch
an den Stengel überm Wasser.
Dies ist das Haus der früheren Gedichte,
das Haus der gefährdeten neuen.

Steffen Jacobs

Flackern, Fließen

Verstreute Materialien zum kreativen Prozeß

1.
„Junger Morgen,
stille Verrichtung,
während der Tag nach den Dächern greift:

Kessel Wassers,
Flackern der Dichtung.
Schön, wie ein erster Gedanke reift –“

Junger Morgen,
dumpfe Verpflichtung,
während der Dichter zum Zettel greift.

Kessel Wassers,
kritische Sichtung:
Zeit, daß ein erster Gedanke reift.

Aber leider,
zu mehr als dem Reim
von „greifen" auf „reifen" hat's nicht gereicht.

2.
Der Blick umfaßt die Hand,
die Hand umkrampft den Stift,
doch wer führt den Verstand?

Das Blatt strahlt weiß wie Gift:
„Der Dichter ist ein Ringer…"
Ob das die Sache trifft?

„Papier ist sein Bezwinger…"
Allmählich läufst du warm.
Vers drei juckt schon im Finger,

mit Schwung führst du den Arm:
„Die Sprache seine Wunde…"
Das hat doch wirklich Charme.

Der Blick fällt in die Runde –
jetzt schnell ein Vers, der prunkt:
„Das Schweigen seine Kunde…"

Das bringt es auf den Punkt.
Den Punkt setzt nun die Hand –
so ist das, wenn es funkt:

Der Reim führt den Verstand
zu Ruhm und Glanz und Licht,
er gibt dem Wort Bestand,

und manchmal tut er's nicht.

3.
Ach Dichter, der du dieses liest,
häng nicht an alten Zöpfen.
Vertraue allem, was du siehst,
statt allzu klugen Köpfen:
dem Morgen, der sein Licht vergießt
(die Hand hantiert mit Töpfen).
Der Tag, der Tee, sieh: Alles fließt,
und du mußt nur noch schöpfen.

O Dichter, der du dieses liest,
nicht alles drängt zu Strophen,
und was du heut' aus Büchern ziehst,
läßt mehr als Schöpfung hoffen.
Der Morgen strahlt, das Schicksal niest,
die Kunst schläft hinterm Ofen.
Doch wenn der Tag auch kunstlos ist,
er steht dem Leben offen.

VI
Zwei Nachbemerkungen

Notiz

Der Einsendeschluß für die Gedichte des Jahrbuchs lag einige Tage vor dem 11. September 2001. Auf diese Weise – von einigen erbetenen Ausnahmen abgesehen – bildet die vorliegende Auswahl eine literarische Aufnahme der Situation, die dem Unglück vorausging. Wenn von „günstigen“ Umständen in einem solchen Zusammenhang überhaupt gesprochen werden kann: vielleicht war das nicht der schlechteste Umstand für diese Anthologie. In ihr erweist sich die seismographische Qualität des Gedichts – sein Gespür für Bedrohungen, seine Qualität als „Bewegungsmelder“; und staunen darf man über prophetisch anmutende Texte wie „Das Hochhaus“ von Johannes Kühn.
Damit steht das aktuelle Jahrbuch auch jenseits der Kontroverse darüber, wie Schriftsteller sich nach und zum 11. September zu verhalten gehabt hätten, obwohl sein Erscheinen in die Zeit dieser Auseinandersetzung fällt. „In glücklichen Fällen“, schreibt Peter Esterházy, „hat uns der Schriftsteller nichts zu sagen, wohl aber sein Buch.“ Das der Katastrophe folgende Gefühl einer plötzlichen vollständigen Marginalisierung des einzelnen, das Gefühl, plötzlich bei den „Ausgeschalteten der großen Lebensleitung“ zu stehen, verlieh vielleicht auch den verzweifelt schnell folgenden Wortmeldungen zur Zerstörung des World Trade Center einen besonderen Antrieb. In Momenten, „in denen die Kunst wieder mal als läppischer Luxus entlarvt scheint, bemüht sie sich unwillkürlich rasch, ihren nahen und notwendigen Zusammenhang mit dem Leben zu zeigen…“ schrieb Rilke 1898 in einem Aufsatz zur Modernen Lyrik. In der Arbeit am literarischen Text und in der Sprache gibt es Probleme der Form, die auch inhaltlich zu einer je eigenen Lösung drängen. Damit kann der Autor anstehen gegen das Unvertrauen in den Eigenwert der Literatur, auch in Situationen, wie wir sie mit dem 11. September erlebt haben. Also lesen wir und lassen uns von den Büchern belehren, wie es Peter Ester-

házy vorgeschlagen hat – das vorliegende Jahrbuch lohnt es, meine ich, in jedem Fall.
In Amsterdam an der Prinsengracht, wo dieses Buch zusammengestellt wurde, gibt es einen Platz namens Amstelveld. Auf diesem Platz wird Tag und Nacht Fußball gespielt. Es gibt dort Platanen, ein paar Bänke, Laternen, Fahrradständer und zwei Tore aus Stahlrohren zusammengeschweißt mit eisernen Netzen. Wer vorbeikommt und Lust hat, spielt mit – halb folgt die Aufstellung der Mannschaften diesem Zufall, halb den Tagesabläufen jener Amsterdamer, die regelmäßig vorbeikommen und damit zum Stammaufgebot zählen. Einer verborgenen Ordnung folgend bleiben dabei beide Seiten ausgeglichen besetzt, Tore fallen hüben wie drüben, Aus- und Einwechslungen geschehen fließend, fast unmerklich. Die Mannschaften sind grundsätzlich „gemischt", und es gab Tage, an denen ich mehr Frauen als Männer auf dem Platz gesehen habe. Multinational ist man ohnehin, es dominieren die Hautfarben der ehemaligen Kolonien und dabei die Landsleute der legendären „Surinam-Fraktion", die in der holländischen Nationalelf so erfolgreich gespielt hat.
Angesichts der großen Anzahl der zum Jahrbuch eingesandten Texte mochte man sich für die Präsentation einer literarischen Auswahl ähnliche Möglichkeiten einer fließenden Aufstellung mit laufenden Aus- und Einwechslungen wünschen – andere Aufstellungen brächten in ihrem Zusammenspiel sicher ganz andere Qualitäten zum Vorschein.
Eine Besonderheit hat das aktuelle Jahrbuch: in Kapitel IV („Im richtigen Augenblick") erscheint eine Gedicht-Zusammenstellung von Autoren, die bisher nicht in diesem Periodikum vertreten waren. Dabei solche, die bereits eigene Gedichtbände vorgelegt haben, aber auch solche, die wir zu den Entdeckungen der Auswahl rechnen wie Alma Vallazza, Christoph Grobe oder Sebastian Unger.

Lutz Seiler

Auswahl & Co

Wie, fragen immer wieder Einsender von Gedichten, funktioniert eigentlich das Auswahlsystem beim Jahrbuch?
Seitenbemerkung: Der Frage ist abzulesen, daß gottseidank immer wieder neue Stimmen in den Großen Gemischten Chor einstimmen, daß dies nun immerhin das zwanzigste Jahrbuch der Lyrik ist und daß viele der im vorliegenden Band abgedruckten Autorinnen und Autoren bei Erscheinen des ersten Bandes (Mitherausgeber: Harald Hartung, Düsseldorf, Claassen Verlag 1979) vielleicht noch im Kin-

derbuchlesealter waren. Mit anderen Worten: das Jahrbuch ist „eine Institution geworden" und dankt (ein Jahrbuch der Lyrik kann das, natürlich) allen, die diese größte Anthologie der deutschsprachigen Gegenwartslyrik mit ihren Gedichten möglich gemacht haben, und den Verlegern für ihr nicht Tod noch Teufel scheuendes Engagement.

Antwort auf die Eingangsfrage: Gedichte einsenden (an die Redaktion Jahrbuch der Lyrik beim Verlag C. H. Beck) kann jeder und jede, am besten zwischen drei und zehn Gedichten. Sie sollten unveröffentlicht oder allenfalls in Zeitschriften oder Zeitungen publiziert sein; Gedichte aus bereits publizierten Büchern, und seien sie fern von jeder Buchhandlung im Selbstverlag erschienen, können nicht berücksichtigt werden. Bei Gedichten, die zum Zeitpunkt des jeweiligen Redaktionsschlusses (30. August) unveröffentlicht sind, zum Erscheinen des Jahrbuchs (jeweils im März) aber in einem eigenen Band stehen, drücken wir gerne die Augen zu.

Autoren, die in den letzten Jahrbüchern mit Gedichten vertreten waren, erhalten, wenn der Adressenverwaltungscomputer nicht mit einem Virus zu kämpfen hat, eine schriftliche Einladung der Herausgeber.

Sämtliche bis Redaktionsschluß eingesandten Gedichte werden von tapferen Mitarbeitern des Verlages kopiert und an den Mitherausgeber geschickt, so daß der (oder die) unabhängig vom ständigen Herausgeber lesen und zuordnen kann: dem Stapel „auf jeden Fall aufnehmen", dem Stapel „vielleicht aufnehmen" oder dem Stapel „kommt leider nicht in Frage". Die Übereinstimmung der Auswähler liegt erstaunlich hoch, im Mittel der zwanzig Jahrbuchausgaben bei ca. 95%. Lyrik ist zum allergrößten Teil eben *keine* Frage des Geschmacks, sondern vor allem eine des Handwerks. Die differierenden 5% sind dann bei der Schlußredaktion der Herausgeber der poetologisch und ästhetisch spannendste Part.

Eine Mitteilung, welche Gedichte aufgenommen wurden, geht den Autoren in Form der Korrekturfahne zu mit der Bitte um einen letzten genauen Blick. Autoren, die nicht berücksichtigt werden konnten, können nicht benachrichtigt werden, der Aufwand an Arbeitszeit und Portokosten ist keinem Verlag zuzumuten. Wer seinem Manuskript einen frankierten Rückumschlag beilegt, bekommt dieses selbstverständlich nach Erscheinen des Jahrbuchs zurück.

Die meisten Autoren ziehen der symbolischen Honorierung von 10 Euro per Gedicht und angefangener Seite zwei zusätzliche Belegexemplare vor, und das vereinfacht bei dem enormen Arbeitsaufwand, den das Jahrbuch einfordert, vieles. Wer dennoch die Bezahlung vorzieht, möge dies bei der Einsendung gesondert und mit Angabe der Bankverbindung vermerken.

Dem Verlag und vor allem Constanze Hub, die den großen Lyrikstern am Bande verdient hat, wird viel Arbeit und zeitaufwendige Recherche erspart, wenn die dem eingesandten Manuskript beigelegten biobibliographischen Angaben präzise dem Muster im vorliegenden Band folgen.
Und wie gesagt: Für das nächste Jahrbuch der Lyrik bitten wir wieder um die Zusendung von neuen Gedichten, Einsendeschluß ist der 31. August 2002. Es wird sich, wenn alles gut geht, in seiner Kapiteleinteilung wieder deutlich von seinem Jahresvorgänger unterscheiden.

C. B. Amsterdam, Januar 2002

Autoren, Gedichtbände

(Soweit nicht anders angegeben, liegen die Rechte bei den Autoren)

Ahrens, Henning, * 1964. Lebt in der Nähe von Hannover. „Lieblied was kommt", Stuttgart: DVA 1998; „Stoppelbrand", Stuttgart/München: DVA 2000.

Aigner, Christoph Wilhelm, *1954. Lebt in Lazio. „Die Berührung", Stuttgart: DVA 1998; „Vom Schwimmen im Glück", Stuttgart/München: DVA 2001.

Altmann, Andreas, * 1963. Lebt in Berlin. „wortebilden", Berlin: Kowalke 1997; „die verlegung des zimmers", Berlin: Kowalke 2001.

Ani, Friedrich, * 1959. Lebt in München. „Verzeihen", München: Droemer; „Tür zum Meer", Köln: Emons Verlag 1999.

Bartsch, Wilhelm, * 1950. Lebt in Halle/Saale. „Gen Ginnungagap", Halle: Mitteldeutscher Verlag 1994; „Tanz mit Siebzehn auf dem Fünfmarkschein", Bergen (NL): Eric van der Wal 2001.

Becker, Jürgen, * 1932. Lebt in Odenthal und Köln. „Korrespondenzen mit Landschaft", Frankfurt/Main: Suhrkamp 1996; „Journal der Wiederholungen", Frankfurt/Main: Suhrkamp 1999.

Beyer, Marcel, *1965. Lebt in Dresden: „Falsches Futter", Frankfurt/Main: Suhrkamp 1997; „Erdkunde. Gedichte", Köln: Dumont 2002.

Böhme, Thomas, * 1955. Lebt in Leipzig. „Die Cola-Trinker. Gedichte 1980–1999", Hamburg: Verlag Männerschwarm-Skript 2000; „Dämmerung mit Dingen", Berlin: Galrev 2001.

Borchers, Elisabeth, * 1926. Lebt in Frankfurt/Main. „Von der Grammatik des heutigen Tages", Frankfurt/Main: Suhrkamp 1992; „Alles redet, schweigt und ruft. Gesammelte Gedichte", Frankfurt/Main: Suhrkamp 2001.

Braun, Volker, * 1939. Lebt in Berlin. „Lustgarten Preußen. Ausgewählte Gedichte", Frankfurt/Main: Suhrkamp 2000.

Brendel, Alfred, * 1931. Lebt in London. „Ein Finger zuviel", München: Piper 2000; „Ausgerechnet ich", München: Hanser 2001.

Brenner, Steffen, * 1975. Lebt in Berlin.

Brocan, Jürgen, *1965. Lebt in Göttingen. „Die Haut hinter den Worten", Göttingen: Edition An der Leine 2000; „Frühgrau, Kranengesang", Göttingen: Edition An der Leine 2001.

Buselmeier, Michael, * 1938. Lebt in Heidelberg. „Ich rühm dich Heidelberg", Heidelberg: Wunderhorn 1996; „Ode an die Sportler", Heidelberg: Wunderhorn 1998.

Dittberner, Hugo, * 1944. Lebt in Echte. „Wasser Elegien", Hannover: Postskriptum 1997; „Morgenübungen", München: buch & medi@ 2000.

Domašcyna. Róža (Domaschke, Rosa Maria), * 1951. Lebt in Bautzen. „selbstredend selbzweit selbdritt", Berlin: Janus-press 1998; „Kunstgriff am netzwerg", Ottensheim/Donau: Edition Thanhäuser 1999.

Dorn, Anne, * 1925. Lebt in Köln. Gedichte in Zeitschriften und Anthologien.

Draesner, Ulrike, * 1962. Lebt in Berlin. „gedächtnisschleifen", Wiederauflage BoD, München: buch & medi@ 2000; „ich doch nicht", München: Sammlung Luchterhand 2001.

Drawert, Kurt, * 1956. Lebt in Darmstadt. „Wo es war", Frankfurt/Main: Suhrkamp 1996; „Frühjahrskollektion", Frankfurt/Main: Suhrkamp 2002.

Egger, Oswald, * 1963. Lebt in Wien. „Poemanderm Schlaf. Der Rede Dreh", Zürich: Edition Howeg 1999; „Herde der Rede. Poem", Frankfurt/Main: Suhrkamp 1999; „To observe the obverse", Zürich: Edition Howeg 2000.

Endler, Adolf, * 1930. Lebt in Berlin. „Der Pudding der Apokalypse. Gedichte 1963–1998", Frankfurt/Main: Suhrkamp 1999; „Das Greisenalter, voilà", Dresden: Obergrabenpresse 2001.

Erb, Elke, * 1938. Lebt in Berlin. „Mensch sein, nicht (Gedichte und andere Tagebuchaufzeichnungen)", Basel/Weil am Rhein: Urs Engeler Editor 1998; „Sachverstand", Basel/Weil am Rhein: Urs Engeler Editor 2000.

Fels, Ludwig, * 1946. Lebt in Wien. „Blaue Allee, Versprengte Tataren. Gedichte", München: Piper 1988.

Franzobel, * 1967. Lebt in Wien und Pichlwang. „Met ana oaners schwoarzn Tintn. Dulli-Dialektgedichte. Weitra: Bibliothek der Provinz 1999; „Best of. Die highlights". Edition Aromo 2001.

Garfs, Gudrun, * 1947. Lebt in Retgendorf. Veröffentlichungen in Zeitschriften und Anthologien.

Geißler, Peter, * 1962. Lebt in München. Veröffentlichungen in Zeitschriften und Anthologien.

Gernhardt, Robert, *1937. Lebt in Frankfurt/Main. „Klappaltar", Zürich: Haffmans Verlag 1998; „Berliner Zehner", Zürich: Haffmans Verlag 2001.

Gosse, Peter, * 1938. Lebt in Leipzig. „Gleißkörper“, Halle: Mitteldeutscher Verlag 1996; „Dein eurasisches Antlitz“, Leipzig: Passage-Verlag 1997; „Phantomschmelz“, Halle: Mitteldeutscher Verlag 1998.

Gräf, Dieter M., * 1960. Lebt in Köln. „Rauschstudie: Vater + Sohn“, Frankfurt/Main: Suhrkamp 1994; „Treibender Kopf“, Frankfurt/Main: Suhrkamp 1997.

Grobe, Christoph, lebt in Gießen. „Es war eine Rose“, Gießen: Verlag Christoph Grobe.

Grünbein, Durs, * 1962. Lebt in Berlin. „Nach den Satiren“, Frankfurt/Main: Suhrkamp 1999; „Erklärte Nacht“, Frankfurt/Main: Suhrkamp 2002.

Harig, Ludwig, *1927. Lebt in Sulzbach/Saarland. „100 Gedichte“, München: Hanser 1988; „Sieben Menschen“, Pforzheim: Hertenstein-Presse 1994; „Menschen, Tiere, Sensationen“, Pforzheim: Hertenstein-Presse 1997.

Hartung, Harald, * 1932. Lebt in Berlin. „Jahre mit Windrad“, Göttingen: Steidl 1996; „Traum im Deutschen Museum“ (Neuausgabe), München: buch & medi@ 2001.

Haufs, Rolf, * 1935. Lebt in Berlin. „Aufgehobene Briefe“, München: Hanser 2002.

Herburger, Günter, * 1932. Lebt in München. „Sturm und Stille“, München: Luchterhand Literaturverlag 1993; „Im Gebirge“, München: Luchterhand Literaturverlag 1998.

Höcker, Katharina, * 1960. Lebt in Hamburg. „préludes. Gedichte“, Lüneburg: Lyrik Edition bei zu Klampen 1998; „nacht für nichts. Dichtungen“, Lüneburg: Zu Klampen 2001.

Hückstedt, Hauke, * 1969. Lebt in Göttingen. „Matrjoschkaschritt“, Bergen (NL): Eric van der Wal 1995; „Neue Heiterkeit“, Lüneburg: Zu Klampen 2001.

Hummelt, Norbert, * 1962. Lebt in Köln. „knackige codes“, Berlin: Galrev 1993; „singtrieb“ (Buch mit CD), Basel/Weil am Rhein: Urs Engeler Editor 1997; „Zeichen im Schnee“, München: Luchterhand Literaturverlag 2001.

Igel, Jane-Ann, *1954. Lebt in Dresden. „Wiederbelebungsversuche – Aschenleben“, Verlag UV Art IG 2001.

Jacobs, Steffen, *1968. Lebt in Berlin. „Der Alltag des Abenteurers“, Frankfurt/Main: S. Fischer 1996; „Geschulte Monade“, Frankfurt/Main: S. Fischer 1997.

Kattner, Heinz, * 1947. Lebt in Leestahl. „Und sucht die passende Liebesgeschichte“, Bergen (NL): Eric van der Wal 1997; „Unauffälliges Zittern“, Lüneburg: Zu Klampen 2001.

Killert, Gabriele H., * 1956. Lebt in Berlin.

Kirsten, Wulf, * 1934. Lebt in Weimar. „Stimmenschotter. Gedichte 1987–1992“, Zürich: Ammann 1993; „Wettersturz. Gedichte 1993–1998“, Zürich: Ammann 1999.

Krause, Dieter, * 1961. Lebt in Reichenberg bei Dresden. „Landschaft träge und flink. Gedichte“, Dresden: Hellerau Verlag 1993: „Vergleichen Sie ihre goldgelbe Haut im Spiegel. Gedichte“, Dresden: Verlag Buchlabor 1998.

Krechel, Ursula, * 1947. Lebt in Berlin. „Ungezürnt. Gedichte, Lichter, Lesezeichen“, Frankfurt/Main: Suhrkamp 1997; „Verbeugungen vor der Luft“, Salzburg: Residenz 1999.

Krüger, Michael, * 1943. Lebt in München. „Wettervorhersage“, Salzburg/Wien: Residenz 1998; „Archive des Zweifels. Gedichte aus drei Jahrzehnten“, Frankfurt/Main: Suhrkamp 2001.

Küchler, Sabine, * 1965. Lebt in Köln. „Ich erklär es mir so“, Bergen (NL): Eric van der Wal 1990.

Kühn, Johannes, * 1934. Lebt in Hasborn. „Mit den Raben am Tisch“, München: Hanser 2000; „Cien Poemas. Traduccíon de José Luis Reina Plazón“, Vitoria Gasreiz: Ediciones Bassarai 2001.

Kuhligk, Björn, * 1975. Lebt in Berlin. „Es gibt hier keine Küstenstraßen“, München: Lyrikedition 2000; „Am Ende kommen Touristen“, Berlin: Berlin Verlag.

Kunert, Günter, *1929. Lebt in Kaisborstel. „Mein Golem“, München: Hanser 1996; „Nachtvorstellung“, München: Hanser 1999.

Kusz, Fitzgerald, * 1944. Lebt in Nürnberg. „hobb“, Cadolzburg: arsvivendi 1994; „schdernla – fränkische haikus“, Cadolzburg: arsvivendi 1996.

Laschen, Georg, * 1941. Lebt in Utrecht und in Rolandseck. „Anrufung des Horizonts“, Bremerhaven, edition die horen; „Jammerbugt-Notate“, Heidelberg: Wunderhorn 1995.

Lentz, Michael, * 1964. Lebt in München. „Neue Anagramme“, Wien: edition selene 1998.

Leupold, Dagmar, * 1955. Lebt in Kirchseeon bei München. „Destillate. Prosagedichte“, Frankfurt/Main: Collection S. Fischer 1996; „Byrons Feldbett“, Frankfurt/Main: S. Fischer 2001.

Lorenc, Kito, *1938. Lebt in Wuischke am Czorneboh. „Suki w zakach“, Bautzen: Domowina-Verlag 1998; „An einem schönbemalten Sonntag“, Ottensheim a.d. Donau: Edition Thannhäuser 2000.

Mayröcker, Friederike, * 1924. Lebt in Wien. „Notizen auf einem Kamel, Gedichte“, Frankfurt/Main: Suhrkamp 1996; „Benachbarte Metalle. Ausgewählte Gedichte“, hrsg. von Thomas Kling, Frankfurt/Main: Suhrkamp 1998/99.

Meckel, Christoph, * 1935. Lebt in Berlin und Frankreich. „Zähne,

Gedichte“, München: Hanser 2000; „Blut im Schuh, Gedichte“, Lüneburg, Zu Klampen 2001.

Mertens, Christel, * 1955. Lebt in Köln. Gedichte in Anthologien und Zeitschriften.

Merz, Klaus, * 1945. Lebt in Unterkulm, Schweiz. „Kurze Durchsage, Gedichte und Prosa“, Innsbruck: Haymon 1995; „Garn, Prosa und Gedichte“, Innsbruck: Haymon 2000.

Müller, Herta, * 1953. Lebt in Berlin. „Im Haarknoten wohnt eine Dame“, Hamburg: Rowohlt 2000.

Oberhollenzer, Josef, * 1955. Lebt in Bruneck/Südtirol. „in der tasse gegenüber“, Bozen: edition sturzflüge 1994.

Opitz, Hellmuth, * 1959. Lebt in Bielefeld. „Engel im Herbst mit Orangen“, Bielefeld: Pendragon Verlag 1996.

Pastior, Oskar, * 1927. Lebt in Berlin. „Das Hören des Genitivs“, München: Hanser 1997; „Gimpelschneise in die Winterreise – Texte von Wilhelm Müller“ (Buch mit CD), Basel/Weil am Rhein: Urs Engeler Editor 1997; „Villanella & Pantum. Gedichte“, München: Hanser 2000.

Pietraß, Richard, * 1946. Lebt in Berlin. „Notausgang“, München: Lyrikedition 2000, buch & medi@ 2000; „Die Gewichte. Hunderte Gedichte“, Ebenhausen: Langewiesche-Brandt 2000.

Real, Anna, * 1949. Lebt in Essen. Veröffentlichungen in Anthologien und Zeitschriften.

Röhnert, Jan Volker, * 1976. Lebt in Weimar. „Fragment zum französischen Süden 1&2“, Itzehoe: edition bauwagen.

Rosei, Peter, *1946. Lebt in Wien. „Viel früher“, Graz/Wien: Verlag Maximilian Droschl 1998.

Rost, Hendrik, * 1969. Lebt in Gescher. „vorläufige gegenwart. gedichte“, Düsseldorf: Grupello Verlag 1995; „Fliegende Schatten. Gedichte“, Stuttgart, Edition Solitude 1999; „Aerobic und Gegenliebe. Gedichte“, Düsseldorf: Grupello Verlag 2001.

SAID, * 1947 Lebt in München. „Der lange Arm der Mullahs“, München, C.H. Beck 1995; „Sei Nacht zu mir. Liebesgedichte“, München: C.H. Beck 1998.

Sanjosé, Axel, *1960. Lebt in München. Gedichte in Anthologien.

Sartorius, Joachim, * 1946. Lebt in Berlin. „Vakat“ (mit Fotografien von Nan Goldin), Köln: Walther König 1993; „Keiner gefriert anders“, Köln: Kiepenheuer & Witsch 1996. Mitherausgeber des Jahrbuchs für Lyrik 1995/96, München: C.H. Beck 1995.

Sayer, Walle, * 1960. Lebt in Horb-Dettingen. „Ausgangspunkt“, Bergen (NL): Eric van der Wal; „Irrläufer“, Tübingen: Klöpfer & Meyer, DVA 2000.

Schappert, Roland, * 1965. Lebt in Köln und Berlin. Veröffentlichung in Zeitschriften.

Scheuermann, Silke, * 1973. Lebt in Frankfurt/Main. „Der Tag, an dem die Möwen zweistimmig sangen", Frankfurt/Main: edition suhrkamp 2001.

Schmatz, Ferdinand, * 1953. Lebt in Wien. „o maler als stifter. Poetische Texte zur bildenden Kunst", 1997; „das große babel, n. gedicht" 1999.

Schmidt, Kathrin, * 1954. Lebt in Berlin. „60 – In der Belladonnen", Köln: Kiepenheuer & Witsch 2000.

Seemann, Karl, * *1928*. Lebt in Bad Bentheim. „Tagmond", Ahlhorn, Geest-Verlag 2000.

Seiler, Hellmut, * 1953. Lebt in Remseck am Neckar. „siebenbürgischeendzeitlose", Frankfurt/Main: dipa-Verlag 1994; „Schlagwald. Grenzen, Gänge – 77 Gedichte und Exkurse", München: buch & medi@ 2001.

Showghi, Farhad, *1961. Lebt in Hamburg. „Die Sekunde ist eine bewohnbare Provinz", Erlangen: Kulturamt 1987; „Die Walnußmaske, durch die ich mich träumend aß", Hamburg: Rospo 1998.

Stolterfoht, Ulf, * 1963. Lebt in Berlin. „fachsprachen I–IX", Basel: Urs Engeler Editor 1998.

Strauss, Martin, * 1959. Lebt in Echterdingen. Veröffentlichungen in Anthologien und Zeitschriften.

Struzyk Brigitte, * 1946. Lebt in Berlin. „Der wildgewordene Tag", Berlin und Weimar: Aufbau-Verlag 1989.

Tammen, Johann P., * 1944. Lebt in Bremerhaven-Weddewarden. „Lahnungen", Bergen (NL): Eric van der Wal 1998; „Wetterpapiere", Lüneburg: Zu Klampen Verlag 1998; „Das Land. Das Meer. Das Ohr des Wetterfühlers", Witzwort, Die Quetsche – Verlag für Buchkunst 2000.

Thill, Hans, * 1954. Lebt in Heidelberg. „Zivile Ziele", Heidelberg: Wunderhorn 1995; Hrsg. (zus. mit Michael Braun) „Das verlorene Alphabet. Deutschsprachige Lyrik der 90er Jahre", Heidelberg: Wunderhorn 1998.

Treichel, Hans-Ulrich, * 1952. Lebt in Berlin und Leipzig. „Seit Tagen kein Wunder", Frankfurt/Main: Suhrkamp 1990; „Der einzige Gast", Frankfurt/Main: Suhrkamp 1994.

Unger, Sebastian, * 1978. Lebt in Leipzig.

Vallazza, Alma, * 1965. Lebt in Wien. Veröffentlichungen in Katalogen und Zeitschriften.

Wagner, Jan, *1971. Lebt in Berlin. „Probebohrung im Himmel. Gedichte", Berlin: Berlin Verlag 2001.

Wagner, Richard, * 1952. Lebt in Berlin. „Aufschlüsse", Warmbronn:

Verlag Ulrich Keicher 1975; „Zirkel und Asche“, Berlin: Edition Maldoror 2000.

Waterhouse, Peter, * 1956. Lebt in Southwold/Suffolk (England). „Blumen“, Wien: Folio Verlag 1994; „Prosperos Land“, Salzburg: Jung und Jung Verlag 2001.

Ziebritzki, Henning, * 1961. „Randerscheinungen“, Frankfurt/Main: S. Fischer 1998.